SUITE HISPANO-AMÉRICAINE

Histoire d'une mouette et du chat qui lui apprit à voler

Luis SEPÚLVEDA

Histoire d'une mouette et du chat qui lui apprit à voler

Traduit de l'espagnol (Chili)
par Anne Marie Métailié

Éditions Métailié
20, rue des Grands Augustins, 75006 Paris
www.editions-metailie.com
2012

Titre original : *Historia de una gaviota y del gato que le enseñó a volar*
© Luis Sepúlveda, 1996
by arrangement with Dr. Ray-Güde Mertin, Litterarische Agentur,
Bad Homburg
Traduction française © Éditions Métailié et Éditions du Seuil, Paris, 1996
ISBN : 978-2-86424-490-5
ISSN : 1281-5667

À mes enfants Sebastián, Max et León,
le meilleur équipage de mes rêves.
Au port de Hambourg car c'est là
qu'ils sont montés à bord et
au chat Zorbas évidemment.

Première partie

1

Mer du Nord

— Banc de harengs à bâbord! annonça la vigie et le vol de mouettes du Phare du Sable Rouge accueillit la nouvelle avec des cris de soulagement.

Il y avait six heures qu'elles volaient sans interruption et bien que les mouettes pilotes les aient conduites par des courants d'air chaud agréables pour planer au-dessus de l'océan, elles sentaient le besoin de refaire leurs forces, et pour cela quoi de mieux qu'une bonne ventrée de harengs.

Elles survolaient l'embouchure de l'Elbe dans la Mer du Nord. D'en haut elles voyaient les bateaux à la queue leu leu, comme des animaux marins patients et disciplinés, attendant leur tour pour gagner la pleine mer et là, mettre le cap vers tous les ports de la planète.

Kengah, une mouette aux plumes argentées, aimait particulièrement regarder les pavillons des bateaux, car elle savait que chacun représentait une façon de parler, de nommer les choses avec des mots différents.

– Comme c'est difficile pour les hommes. Nous, les mouettes, nous crions de la même manière dans le monde entier, cria un jour Kengah à l'une de ses compagnes de vol.

– C'est comme ça. Et le plus étonnant c'est que parfois ils arrivent à se comprendre, répondit sa compagne.

Au-delà de la ligne de la côte, le paysage était d'un vert intense. C'était un immense pré dans lequel on distinguait les troupeaux de moutons en train de paître à l'abri des digues et les ailes paresseuses des moulins à vent.

Suivant les instructions des pilotes, la bande de mouettes du Phare du Sable Rouge prit un courant d'air froid et se jeta en piqué sur le banc de harengs. Cent vingt corps trouèrent la mer comme des flèches et en ressortant de l'eau chaque mouette tenait un hareng dans son bec.

Délicieux harengs. Délicieux et gros. Juste ce qui leur fallait pour reprendre de l'énergie avant de continuer à voler jusqu'à Den Helder, où les rejoindraient les vols des îles Frisonnes.

Le plan de vol prévoyait de continuer ensuite jusqu'au Pas-de-Calais et à la Manche où elles seraient reçues par les bandes de la Baie de Seine et de Saint-Malo, en compagnie desquelles elles voleraient jusqu'au ciel de Biscaye.

Elles seraient alors un millier qu'on verrait comme un rapide nuage d'argent et que grossiraient les bandes de Belle-Ile, d'Oléron, des caps Machichaco, de l'Apio et de Peñas. Lorsque toutes les mouettes autorisées par la loi de la mer et des vents voleraient au-dessus de la Biscaye, la grande convention des mouettes des mers Baltique, du Nord et de l'Atlantique pourrait commencer.

Ce serait une belle réunion. Kengah y pensait en pêchant son troisième hareng. Comme tous les ans on y raconterait des histoires intéressantes, en particulier celles des mouettes du Cap de Peñas, voyageuses infatigables, qui parfois volaient jusqu'aux îles Canaries ou aux îles du Cap-Vert.

Les femelles, comme elle, feraient de grands festins de sardines et de calamars pendant que les mâles construiraient les nids au bord d'une falaise. Elles y pondraient leurs œufs, les couveraient à l'abri de toutes les menaces, et quand les premières plumes résistantes pousseraient aux poussins viendrait la plus jolie partie du voyage : leur apprendre à voler dans le ciel de Biscaye.

Kengah plongea pour attraper un quatrième hareng et n'entendit pas le cri d'alarme qui ébranla l'air.

– Danger à tribord, décollage urgent !

Lorsque Kengah sortit la tête de l'eau, elle était seule sur l'immensité de l'océan.

2

Un chat grand noir et gros

– J'ai beaucoup de peine de te laisser tout seul, dit l'enfant en caressant le dos du chat grand noir et gros.

Puis il continua à remplir son sac à dos. Il prenait une cassette du groupe PUR, un de ses favoris, la rangeait, hésitait, la sortait et ne savait pas s'il la remettait dans le sac ou s'il la laissait sur la table. Il n'arrivait pas à décider ce qu'il allait emmener en vacances et ce qu'il allait laisser à la maison.

Le chat grand noir et gros le regardait avec attention, assis sur le bord de la fenêtre, son endroit préféré.

– J'ai pris mes lunettes pour nager? Zorbas, t'as pas vu mes lunettes? Non, tu ne les connais pas, toi, tu n'aimes pas l'eau. Tu ne sais pas ce que tu perds. La natation est un des sports les plus amusants. Des croquettes? proposa l'enfant en prenant une boîte de croquettes pour chat.

17

Il lui en servit une ration plus que généreuse, et le chat grand noir et gros se mit à mastiquer lentement, pour faire durer le plaisir : quelles croquettes délicieuses, craquantes, au bon goût de poisson ! "C'est un garçon formidable", pensa le chat la bouche pleine. "Comment ça, un garçon formidable ? Le meilleur", corrigea-t-il en avalant.

Zorbas, le chat grand noir et gros, avait de bonnes raisons de penser cela de cet enfant qui dépensait son argent de poche en délicieuses croquettes, qui nettoyait la litière de la caisse où il faisait ses besoins et qui l'instruisait en lui parlant de choses importantes.

Ils passaient de longues heures ensemble sur le balcon à regarder l'activité incessante du port de Hambourg, et là, par exemple, le garçon lui disait :

– Tu vois ce bateau, Zorbas ? Tu sais d'où il vient ? Du Liberia, un pays d'Afrique très intéressant parce qu'il a été fondé par des hommes qui avaient été des esclaves. Quand je serai grand, je serai capitaine d'un grand voilier et j'irai au Liberia. Tu viendras avec moi, Zorbas. Tu seras un bon chat de mer. J'en suis sûr.

Comme tous les enfants des ports, il rêvait de voyages dans des pays lointains. Le chat grand noir et gros l'écoutait en ronronnant et se voyait aussi à bord d'un voilier sillonnant les mers.

Oui. Le chat grand noir et gros avait beaucoup de tendresse pour le garçon et il n'oubliait pas qu'il lui devait la vie.

Zorbas avait contracté cette dette exactement le jour où il avait quitté le panier dans lequel il vivait avec ses sept frères.

Le lait de sa mère était tiède et doux mais lui, il voulait goûter ces têtes de poisson que les gens du marché donnaient aux grands chats. Il ne pensait pas en manger une entière, non, il voulait la traîner jusqu'au panier et là, miauler à ses frères :

— Assez de téter notre pauvre mère ! Vous ne voyez pas comme elle a maigri ? Mangez du poisson, c'est la nourriture des chats des ports.

Peu de temps avant de quitter le panier, sa mère lui avait miaulé très sérieusement :

— Tu es agile et malin, c'est très bien, mais tu dois faire attention et ne pas sortir du panier. Demain ou après-demain les humains vont venir décider de ton destin et de celui de tes frères. Ils vont sûrement vous donner des noms sympathiques et vous serez assurés d'être nourris. C'est une grande chance de naître dans un port, car dans les ports on aime et on protège les chats. La seule chose que les humains attendent de nous, c'est que nous éloignions les rats. Oui, mon enfant, être chat de port est une grande chance, mais tu dois faire attention car il y a en toi quelque chose qui peut faire ton malheur. Mon enfant, si tu regardes tes frères, tu verras qu'ils sont gris ou rayés comme les tigres. Toi, tu es né tout noir, sauf la petite tache blanche que tu as sous le menton. Il y a des humains qui croient que les chats noirs portent malheur ; c'est pourquoi, mon petit, il ne faut pas sortir du panier.

Mais Zorbas, qui était alors une petite boule de charbon, quitta le panier. Il voulait goûter une de ces têtes de poisson. Et il voulait aussi voir un peu le monde.

Il n'alla pas très loin. La queue dressée et vibrante, en trottant vers un étal de poissonnier, il passa devant un grand oiseau qui somnolait, la tête penchée. C'était un oiseau très laid avec une énorme poche sous le bec. Soudain le petit chat sentit que le sol s'éloignait de ses pattes et, sans comprendre ce qui lui arrivait, il se retrouva en train de faire une cabriole en l'air. Se souvenant de l'une des premières leçons de sa mère, il chercha un endroit pour retomber sur ses quatre pattes, mais en bas l'oiseau l'attendait le bec ouvert. Il tomba dans la poche, il y faisait noir et ça sentait horriblement mauvais.

— Laisse-moi sortir ! Laisse-moi sortir ! miaula-t-il, désespéré.

— Ah bon. Tu parles. Quelle bête tu es ? croassa l'oiseau sans ouvrir le bec.

— Laisse-moi sortir ou je te griffe, miaula-t-il, menaçant.

— Je crois que tu es une grenouille. Tu es une grenouille? croassa l'oiseau, toujours le bec fermé.

— Je m'étouffe, oiseau idiot! miaula le petit Zorbas.

— Oui. Tu es une grenouille. Une grenouille noire. Comme c'est étrange, croassa l'oiseau.

— Je suis un chat et je suis en colère! Laisse-moi sortir ou tu vas le regretter! miaula le petit Zorbas en cherchant où planter ses griffes dans la poche sombre.

— Tu crois que je ne sais pas distinguer un chat d'une grenouille? Les chats sont poilus, rapides et ils sentent la pantoufle. Toi, tu es une grenouille. Une fois j'ai mangé des grenouilles, c'était pas mauvais, mais elles étaient vertes. Dis donc, tu ne serais pas une grenouille vénéneuse par hasard? croassa l'oiseau inquiet.

— Oui! Je suis une grenouille vénéneuse et en plus je porte malheur!

— Quel problème! L'autre jour j'ai avalé un hérisson vénéneux et il ne m'est rien arrivé. Quel problème! Je t'avale ou je te crache? réfléchit l'oiseau, mais il ne croassa rien de plus car il s'agita, battit des ailes et ouvrit finalement le bec.

Couvert de bave, le petit Zorbas sortit la tête et sauta par terre. Il vit alors le garçon qui tenait l'oiseau par le cou et le secouait.

— Tu es aveugle ou quoi? Pélican imbécile! Viens mon chat. Un peu plus tu finissais dans le

21

ventre de cet oiseau, dit l'enfant, et il le prit dans ses bras.

C'est ainsi qu'avait commencé cette amitié qui durait depuis cinq ans.

Le baiser de l'enfant sur sa tête éloigna ses souvenirs. Il le vit enfiler son sac à dos, marcher vers la porte et de là lui dire encore adieu.

– À dans deux mois. Je penserai à toi tous les jours Zorbas, je te le promets.

– Au revoir Zorbas ! Au revoir mon gros ! crièrent les deux petits frères du garçon.

Le chat grand noir et gros entendit qu'on fermait la porte à double tour et il courut jusqu'à la fenêtre sur la rue pour voir sa famille adoptive avant qu'elle ne s'éloigne.

Le chat grand noir et gros poussa un soupir de satisfaction. Pendant deux mois il allait être le seigneur et maître de l'appartement. Un ami de la famille viendrait tous les jours lui ouvrir une boîte de nourriture et changer sa litière. Deux mois pour se prélasser dans les fauteuils, sur les lits, ou sortir sur le balcon, grimper sur les toits, aller jusqu'aux branches du vieux marronnier et descendre le long de son tronc jusqu'à la cour, où il retrouvait les chats du quartier. Il n'allait pas s'ennuyer. Pas du tout.

C'est ce que pensait Zorbas, le chat grand noir et gros, car il ne savait pas ce qui allait lui tomber dessus très bientôt.

3

Hambourg en vue

Kengah déplia ses ailes pour prendre son envol, mais la vague fut plus rapide et la recouvrit toute. Quand elle sortit de l'eau, la lumière du jour avait disparu, et après avoir secoué énergiquement la tête, elle comprit que la malédiction des mers obscurcissait sa vue.

Kengah, la mouette aux plumes argentées, plongea sa tête dans l'eau à plusieurs reprises jusqu'à ce que quelques étincelles de lumière arrivent à ses pupilles couvertes de pétrole. La tache visqueuse, la peste noire, collait ses ailes à son corps et elle se mit à remuer les pattes dans l'espoir de nager vite et de sortir du centre de la vague noire.

Tous les muscles tétanisés par l'effort, elle atteignit enfin la limite de la tache de pétrole et le frais contact de l'eau propre. Lorsque, à force de cligner des yeux et de plonger sa tête sous l'eau, elle réussit à nettoyer ses yeux, elle regarda le ciel et ne vit que quelques nuages qui s'interposaient entre la mer et l'immensité de la voûte céleste. Ses compagnes de la bande du Phare du Sable rouge devaient être loin, très loin.

C'était la loi. Elle aussi, elle avait vu des mouettes surprises par les vagues noires mortelles, et malgré son désir de descendre leur apporter une aide aussi inutile qu'impossible, elle s'était éloignée, respectant la loi qui interdit d'assister à la mort de ses compagnes.

Les ailes immobilisées, collées au corps, les mouettes étaient des proies faciles pour les grands poissons, ou bien elles mouraient lentement asphyxiées par le pétrole, qui en glissant entre leurs plumes bouchait tous leurs pores.

C'était le sort qui l'attendait et elle désira disparaître rapidement dans le gosier d'un grand poisson.

La tache noire. La peste noire. Tandis qu'elle attendait l'issue fatale, Kengah maudit les humains.

– Pas tous. Il ne faut pas être injuste! cria-t-elle faiblement.

Souvent elle avait vu d'en haut comment les grands pétroliers profitaient des jours de brouillard côtier pour aller en haute mer nettoyer leurs réservoirs. Ils jetaient à la mer des milliers de litres d'une substance épaisse et pestilentielle qui était entraînée par les vagues.

Elle avait aussi vu que parfois des petites embarcations s'approchaient des pétroliers et les empêchaient de vider leurs réservoirs. Malheureusement, ces petits bateaux aux couleurs de l'arc-en-ciel n'arrivaient pas toujours à temps pour empêcher qu'on empoisonne les mers.

Kengah passa les heures les plus longues de sa vie, posée sur l'eau à se demander, atterrée, si ce n'était pas la plus terrible des morts qui l'attendait ; pire que d'être dévorée par un poisson, pire que l'angoisse de l'asphyxie, mourir de faim.

Désespérée à l'idée d'une mort lente, elle remua et se rendit compte avec étonnement que le pétrole n'avait pas collé ses ailes contre son corps. Ses plumes étaient imprégnées de cette substance épaisse mais au moins elle pouvait étendre les ailes.

— J'ai peut-être encore une chance de sortir de là et, qui sait si en volant haut, très haut, le soleil ne fera pas fondre le pétrole.

Une histoire racontée par une vieille mouette des îles Frisonnes revint à sa mémoire. Cela parlait d'un humain, nommé Icare, qui pour réaliser son rêve de voler s'était fabriqué des ailes avec des plumes d'aigle et avait volé très haut, tout près du soleil, si bien que la chaleur avait fait fondre la cire qui collait les plumes et qu'il était tombé.

Kengah battit des ailes, replia ses pattes, s'éleva de quelques centimètres et retomba dans l'eau.

Avant de recommencer, elle plongea complètement et remua ses ailes sous l'eau. Cette fois elle s'éleva d'un mètre avant de retomber.

Ce maudit pétrole collait les plumes de sa queue, de sorte qu'elle ne pouvait pas guider son ascension. Elle replongea et avec son bec retira la couche de saleté qui couvrait sa queue. Elle supporta la douleur de l'arrachage des plumes jusqu'à ce que sa queue soit un peu moins sale.

Au cinquième essai, Kengah réussit à s'envoler.

Elle battait des ailes désespérément car le poids de la couche de pétrole l'empêchait de planer. Un seul arrêt et elle tomberait. Par chance, elle était jeune et ses muscles répondaient bien.

Elle vola très haut. Sans cesser de battre des ailes, elle regarda en bas et vit à peine la côte comme une ligne blanche. Elle vit aussi quelques bateaux comme de minuscules objets sur une nappe bleue. Elle monta plus haut, mais les effets du soleil qu'elle attendait ne l'atteignaient pas. Peut-être les rayons donnaient-ils une chaleur trop faible, peut-être la couche de pétrole était-elle trop épaisse.

Kengah comprit qu'elle n'aurait pas suffisamment de force pour continuer à battre des ailes et vola vers l'intérieur des terres en suivant la ligne verte et sinueuse de l'Elbe, à la recherche d'un endroit pour se poser.

Son battement d'ailes devint de plus en plus lourd et lent. Elle perdait ses forces. Elle ne volait plus aussi haut.

Dans un effort désespéré pour reprendre de l'altitude, elle ferma les yeux et battit des ailes avec ses dernières énergies. Elle ne sut pas combien de temps elle vola les yeux fermés, mais quand elle les rouvrit elle était au-dessus d'une haute tour ornée d'une girouette d'or.

— Saint-Michel! cria-t-elle en reconnaissant la tour de l'église de Hambourg.

Ses ailes refusèrent de la porter plus loin.

4

La fin d'un vol

Le chat grand noir et gros prenait le soleil sur le balcon en ronronnant et en pensant comme c'était bon d'être là à recevoir les rayons du soleil, le ventre en l'air, les quatre pattes repliées et la queue étirée.

Au moment précis où il se retournait paresseusement pour présenter son dos au soleil, il entendit le bourdonnement d'un objet volant qu'il ne sut pas identifier et qui s'approchait à grande vitesse. Inquiet, il se dressa d'un seul coup sur ses quatre pattes et arriva tout juste à se jeter de côté pour esquiver la mouette qui s'abattit sur le balcon.

C'était un oiseau très sale. Tout son corps était imprégné d'une substance noire et malodorante.

Zorbas s'approcha et la mouette essaya de se redresser en traînant les ailes.

— Ce n'était pas un atterrissage très élégant, miaula-t-il.

— Je regrette. Je ne pouvais pas faire autrement, croassa la mouette.

— Dis donc, tu es dans un drôle d'état. Qu'est-ce que tu as sur le corps? Tu sens vraiment mauvais!

— J'ai été atteinte par une vague noire. La peste noire. La malédiction des mers. Je vais mourir, croassa plaintivement la mouette.

— Mourir? Ne dis pas ça. Tu es fatiguée et sale. C'est tout. Pourquoi ne vas-tu pas jusqu'au Zoo? Ce n'est pas loin et il y a des vétérinaires qui pourront t'aider, miaula Zorbas.

— Je ne peux pas. C'était mon dernier vol, croassa la mouette d'une voix presque inaudible, et elle ferma les yeux.

— Ne meurs pas! Repose-toi un peu et, tu verras, tu iras mieux. Tu as faim? Je vais t'apporter un peu de ma nourriture mais ne meurs pas, miaula Zorbas en s'approchant de la mouette évanouie.

Surmontant son dégoût le chat lui lécha la tête. Cette substance qui la couvrait avait un goût horrible. Quand il lui passa la langue sur le cou il remarqua que la respiration de l'oiseau était de plus en plus faible.

— Écoute, mon amie. Je veux t'aider mais je ne sais pas comment. Essaye de te reposer pendant que je vais demander ce qu'on fait avec une mouette malade, miaula Zorbas avant de grimper sur le toit.

Il s'éloignait vers le marronnier quand il entendit la mouette l'appeler.

– Tu veux que je te laisse un peu à manger ? miaula-t-il, soulagé.

– Je vais pondre un œuf. Avec les dernières forces qui me restent je vais pondre un œuf. Chat, mon ami, on voit que tu es bon, que tu as de nobles sentiments. Je vais te demander de me promettre trois choses. Tu vas le faire ? demanda-t-elle en secouant maladroitement ses pattes dans un essai manqué pour se redresser.

Zorbas pensa que la pauvre mouette délirait et qu'avec un oiseau dans un état aussi lamentable on ne pouvait qu'être généreux.

– Je te promets tout ce que tu voudras. Mais maintenant repose-toi, miaula-t-il avec compassion.

– Je n'ai pas le temps de me reposer. Promets-moi que tu ne mangeras pas l'œuf, dit-elle en ouvrant les yeux.

– Je promets de ne pas manger l'œuf.

– Promets-moi de t'en occuper jusqu'à la naissance du poussin, croassa-t-elle en soulevant la tête.

– Je promets de m'occuper de l'œuf jusqu'à la naissance du poussin, miaula Zorbas.

– Et promets-moi que tu lui apprendras à voler, croassa-t-elle en regardant fixement le chat dans les yeux.

31

Alors Zorbas pensa que non seulement cette malheureuse mouette délirait, mais qu'elle était complètement folle.

– Je promets de lui apprendre à voler. Et maintenant repose-toi, je vais chercher de l'aide, miaula Zorbas en sautant sur le toit.

Kengah regarda le ciel, remercia les bons vents qui l'avaient accompagnée et juste au moment où elle poussait son dernier soupir, un petit œuf blanc taché de bleu roula à côté de son corps imbibé de pétrole.

5

À la recherche d'un conseil

Zorbas descendit rapidement le long du tronc du marronnier, traversa la cour de l'immeuble à toute vitesse en évitant de se faire remarquer par les chiens vagabonds, sortit dans la rue, s'assura qu'il n'y avait pas d'auto, traversa et courut jusqu'au Cuneo, un restaurant italien du port.

Deux chats qui reniflaient une caisse à ordures le virent passer.

— Eh, mon pote, tu vois ce que je vois ? Quel joli petit gros ! miaula l'un des chats.

— Ouais, mon vieux. Comme il est noir, c'est pas une boule de graisse, c'est une boule de goudron. Où tu vas petite boule de goudron ? demanda l'autre.

Même préoccupé par la mouette, Zorbas n'était pas disposé à laisser passer les provocations de ces deux voyous. Alors il s'arrêta, hérissa les poils de son dos et sauta sur le couvercle de la poubelle.

Lentement il étira une patte de devant, sortit une griffe longue comme une allumette et l'approcha du museau de l'un des provocateurs.

– Elle te plaît? J'en ai neuf autres du même modèle. Tu veux les essayer? miaula-t-il très calmement.

Le chat qui avait la griffe sous le nez avala sa salive avant de répondre sans quitter la griffe des yeux.

– Non chef. Quelle belle journée! Pas vrai?

– Et toi, qu'est-ce que tu en dis? demanda Zorbas à l'autre chat.

– Moi aussi je dis que c'est une bien belle journée, idéale pour se promener, un peu fraîche peut-être.

Cette affaire réglée, Zorbas reprit son chemin jusqu'à la porte du restaurant. À l'intérieur, les garçons préparaient les tables pour les clients de midi. Zorbas miaula trois fois et attendit assis sur le seuil. Peu après, Secrétario, un chat de gouttière très maigre avec seulement deux poils de moustache, un de chaque côté du nez, s'approcha de lui.

– Nous regrettons beaucoup, mais si vous n'avez pas réservé, nous ne pouvons pas vous accueillir. Nous sommes complet, miaula-t-il en guise de salut.

Il allait ajouter quelque chose encore, mais Zorbas le coupa :

— Je dois miauler avec Colonello. C'est urgent!

— Urgent! Toujours des urgences de dernière minute. Je vais voir ce que je peux faire, mais c'est bien parce qu'il s'agit d'une urgence, miaula Secrétario, et il rentra dans le restaurant.

Colonello était un chat d'un âge indéterminé. Certains disaient qu'il avait le même âge que le restaurant qui l'abritait, d'autres soutenaient qu'il était encore beaucoup plus vieux. Mais cela n'avait pas d'importance, car Colonello avait un étrange talent pour conseiller ceux qui avaient des problèmes, et même s'il ne résolvait jamais aucune difficulté, ses conseils réconfortaient. Par son âge et par son talent Colonello était une autorité chez les chats du port.

Secrétario revint en courant.

— Suis-moi. Colonello va te recevoir, exceptionnellement.

Zorbas le suivit. Passant sous les tables et sous les chaises de la salle, ils arrivèrent à la porte de la cave. Ils descendirent en sautant les marches d'un escalier étroit et, en bas, trouvèrent Colonello, la queue dressée, en train d'examiner les bouchons des bouteilles de champagne.

— *Porca miseria!* Les rats ont rongé les bouchons du meilleur champagne de la maison. Zorbas, *caro amico,* salua Colonello qui avait l'habitude de miauler des mots en italien.

— Excuse-moi de te déranger en plein travail, mais j'ai un problème grave et j'ai besoin de tes conseils, miaula Zorbas.

— Je suis là pour ça, *caro amico*. Secrétario! Sers à *mi amico* un peu de ces *lasagnes alforno* qu'on nous a données ce matin, ordonna Colonello.

— Mais vous les avez toutes mangées! Je n'ai même pas pu les sentir, se plaignit Secrétario.

Zorbas remercia en disant qu'il n'avait pas faim et raconta rapidement la tumultueuse arrivée de la mouette, son état lamentable et les promesses qu'il avait été obligé de faire. Le vieux chat écouta en silence, puis il réfléchit en caressant ses longues moustaches et finalement miaula avec énergie.

— *Porca miseria!* Il faut se débrouiller pour que cette pauvre mouette puisse reprendre son vol.

— Oui, mais comment? demanda Zorbas.

— Le mieux c'est de consulter Jesaitout, indiqua Secrétario.

— C'est exactement ce que j'allais suggérer. Pourquoi faut-il toujours qu'il m'enlève les miaulements de la bouche, celui-là? protesta Colonello.

— Oui? C'est une bonne idée. Je vais aller voir Jesaitout, approuva Zorbas.

— On va y aller ensemble. Les problèmes d'un chat du port sont les problèmes de tous les chats du port, déclara solennellement Colonello.

Les trois chats sortirent de la cave et coururent à travers le labyrinthe des cours des maisons alignées en face du port jusqu'au temple de Jesaitout.

6

Dans un endroit étrange

Jesaitout habitait un endroit assez difficile à décrire car, à première vue, cela aurait pu être un bric-à-brac d'objets étranges, un musée des extravagances, un dépôt de machines hors d'usage, la bibliothèque la plus chaotique du monde ou le laboratoire d'un savant inventeur d'engins impossibles à nommer. Mais ce n'était rien de tout cela, ou plutôt, c'était beaucoup plus que cela.

L'endroit s'appelait "Harry, Bazar du Port" et son propriétaire, Harry, était un vieux loup de mer qui au cours de cinquante ans de navigation sur les sept mers s'était employé à réunir toute sorte d'objets dans les centaines de ports qu'il avait connus.

Lorsque la vieillesse s'installa dans ses os, Harry décida de troquer sa vie de navigateur contre celle de marin à terre et d'ouvrir le bazar avec tous les objets qu'il avait réunis. Il loua une maison de trois étages dans la rue du port, mais elle était trop petite pour exposer ses collections insolites, si bien qu'il loua la maison voisine, à deux étages, mais ce n'était toujours pas suffisant. Finalement, après avoir loué une troisième maison, il réussit à ranger tous ses objets – ranger évidemment selon son sens de l'ordre très particulier.

Dans les trois maisons réunies par des couloirs et des escaliers étroits, il y avait près d'un million d'objets parmi lesquels il faut signaler :

7 200 chapeaux à bord souple pour que le vent les emporte

160 gouvernails de bateaux pris de vertige à force de faire le tour du monde

245 feux de navires qui avaient défié les brumes les plus épaisses

12 télégraphes de commandement écrasés par des capitaines irascibles

256 boussoles qui n'avaient jamais perdu le nord

6 éléphants de bois grandeur nature

2 girafes empaillées contemplant la savane

1 ours polaire naturalisé, dans le ventre duquel se trouvait la main, naturalisée aussi, d'un explorateur norvégien

700 ventilateurs dont les pales rappelaient les brises fraîches des crépuscules tropicaux

1 200 hamacs de jute, garantissant les meilleurs rêves

1 300 marionnettes de Sumatra qui n'avaient interprété que des histoires d'amour

123 projecteurs de diapositives montrant des paysages où l'on pouvait toujours être heureux

54 000 romans dans 47 langues

2 maquettes de la tour Eiffel, l'une construite avec un demi-million d'aiguilles à coudre et l'autre trois cent mille cure-dents

3 canons de bateaux corsaires anglais ayant attaqué Cartagena de Indias

17 ancres trouvées au fond de la Mer du Nord

200 tableaux de couchers de soleil

17 machines à écrire ayant appartenu à des écrivains célèbres

128 caleçons longs de flanelle pour hommes de plus de 2 mètres

7 fracs pour nains

500 pipes d'écume de mer

1 astrolabe s'obstinant à indiquer la position de la Croix du Sud

7 coquillages géants dans lesquels résonnait l'écho lointain de naufrages mythiques

12 kilomètres de soie rouge

2 écoutilles de sous-marins

Et beaucoup de choses encore qu'il serait trop long de nommer.

Pour visiter le bazar d'Harry on devait payer une entrée et une fois à l'intérieur il fallait un grand sens de l'orientation pour ne pas se perdre dans le labyrinthe de chambres sans fenêtres, couloirs étroits et escaliers qui faisaient communiquer les trois maisons.

Harry avait deux mascottes : un chimpanzé nommé Matias qui tenait la caisse à l'entrée, assurait la sécurité et jouait aux dames avec le vieux marin – évidemment très mal. Il buvait de la bière et essayait toujours de tricher en rendant la monnaie.

La deuxième mascotte c'était Jesaitout, un chat gris, petit et maigre, qui consacrait l'essentiel de son temps à l'étude des milliers de livres qu'il y avait là.

Colonello, Secrétario et Zorbas entrèrent dans le bazar la queue en l'air. Ils regrettèrent de ne pas voir Harry derrière le comptoir car le vieux marin avait toujours des paroles affectueuses et des saucisses pour eux.

– Un instant sacs à puces ! Vous oubliez de payer l'entrée ! glapit Matias.

– Et depuis quand est-ce qu'on paye, nous les chats ? demanda Secrétario.

– Sur la porte il y a a : *Entrée deux marks.* Nulle part il est écrit que les chats entrent gratis. Huit marks ou vous fichez le camp ! glapit énergiquement le chimpanzé.

— Monsieur le singe, je crains que les mathématiques ne soient pas votre fort, miaula Secrétario.

— C'est exactement ce que j'allais dire. Une fois de plus vous m'enlevez les miaulements de la bouche, protesta Colonello.

— BLABLABLA! Payez ou fichez le camp! cria Matias.

Zorbas sauta sur le comptoir et regarda fixement le chimpanzé dans les yeux. Il soutint son regard jusqu'à ce que Matias cligne des yeux et commence à pleurer.

— Bon, en réalité, ça fait six marks. Tout le monde peut se tromper, reprit timidement Matias.

Sans cesser de le regarder dans les yeux, Zorbas sortit une griffe de sa patte droite de devant.

— Ça te plaît Matias? J'en ai neuf autres pareilles. Tu peux les imaginer plantées dans ce cul rouge que tu as toujours à l'air? miaula-t-il tranquillement.

— Pour cette fois je ferme les yeux. Vous pouvez passer, glapit le chimpanzé en prenant un air calme.

Les trois chats, la queue orgueilleusement dressée, disparurent dans le labyrinthe de couloirs.

7

Un chat qui sait tout

— Terrible! Terrible! Il est arrivé quelque chose de terrible, miaula Jesaitout en les voyant.

Nerveux, il se promenait devant un énorme livre ouvert sur le sol, et par moments il portait ses pattes de devant à sa tête. Il avait l'air vraiment inconsolable.

— Qu'est-ce qui est arrivé? miaula Secrétario.

— C'est exactement ce que j'allais demander. Il semble que m'enlever les miaulements de la bouche soit une obsession chez vous, protesta Colonello.

— Allons. Ce n'est pas si grave, suggéra Zorbas.

— Quoi! Pas si grave. C'est terrible! Terrible. Ces maudites souris ont mangé une page entière de l'Atlas. La carte de Madagascar a disparu. C'est terrible! insista Jesaitout en tirant sur ses moustaches.

— Secrétario, rappelez-moi qu'il faut organiser une battue contre ces mangeurs de Masagas…

Masagamas… enfin vous voyez ce que je veux dire, miaula Colonello.

– Madagascar, précisa Secrétario.

– Continuez. Continuez à m'enlever les miaulements de la bouche. *Porca miseria!* s'exclama Colonello.

– On va te donner un coup de main, Jesaitout, mais maintenant nous sommes ici parce que nous avons un grand problème et comme tu sais tant de choses, tu peux peut-être nous aider, miaula Zorbas, et il lui raconta la triste histoire de la mouette.

Jesaitout écouta avec attention. Il approuvait en remuant la tête et quand les mouvements nerveux de sa queue exprimaient avec trop d'éloquence les sentiments qu'éveillaient en lui les miaulements de Zorbas, il essayait de la retenir avec ses pattes de derrière.

– … et je l'ai laissée comme ça, très mal, il y a un instant… conclut Zorbas.

– Terrible histoire! Terrible! Voyons, laissez-moi réfléchir. Mouette, pétrole… pétrole… mouette… mouette malade… c'est ça. Il faut consulter l'encyclopédie! s'exclama-t-il plein de jubilation.

– La quoi? miaulèrent les trois chats.

– L'en-cy-clo-pé-die. Le livre du savoir. Il faut chercher dans les tomes 13 et 16, les lettres M et P, indiqua Jesaitout d'un ton décidé.

— Voyons cette enplico… empyco… hum! proposa Colonello.

— En-cy-clo-pé-die, épela lentement Secrétario.

— C'est exactement ce que j'allais dire. Je vois que vous ne pouvez pas résister à la tentation de m'enlever les miaulements de la bouche, protesta Colonello.

Jesaitout grimpa sur un énorme meuble dans lequel étaient alignés de gros livres à l'air imposant et après avoir cherché les lettres M et P, il fit tomber les deux volumes. Il descendit et, d'une griffe très courte, usée à force de feuilleter les livres, il tourna les pages. Les trois chats gardaient un silence respectueux tandis qu'il marmottait des miaulements presque inaudibles.

— Je crois qu'on va y être. Comme c'est intéressant! Merlan, Migration, Milan. Comme c'est intéressant! Écoutez ça: Il semble que le milan est un oiseau terrible! Terrible! Il est considéré comme l'un des rapaces les plus cruels! Terrible! s'exclama Jesaitout avec enthousiasme.

— Le milan ne nous intéresse pas. Nous sommes ici pour une mouette, l'interrompit Secrétario.

— Auriez-vous l'amabilité de cesser de m'enlever les miaulements de la bouche? grogna Colonello.

— Pardon. Mais pour moi l'encyclopédie est irrésistible. Chaque fois que je regarde dans ses pages j'apprends quelque chose de nouveau. Morue. Mouette. On y est! s'écria Jesaitout.

Mais ce que l'encyclopédie disait des mouettes ne leur fut pas très utile. Ils apprirent que la mouette qui les préoccupait appartenait à l'espèce argentée, appelée ainsi à cause de la couleur de ses plumes.

Ce qu'ils trouvèrent sur le pétrole ne les amena pas non plus à savoir comment aider la mouette, même s'il leur fallut supporter une interminable dissertation de Jesaitout, qui parla longuement d'une guerre du pétrole dans les années 70.

— Par les piquants du hérisson! Nous sommes toujours au même point, miaula Zorbas.

— C'est terrible! Terrible! C'est la première fois que l'encyclopédie me déçoit, s'exclama Jesaitout, désolé.

— Et dans cette enplico... encymolé... enfin tu vois ce que je veux dire. Il n'y a pas de conseils pratiques, du genre comment enlever les taches de pétrole? s'enquit Colonello.

— Génial! Terriblement génial! C'est par là qu'on aurait dû commencer. Je prends tout de suite le tome 4, la lettre D, Détachant, annonça Jesaitout en grimpant sur le meuble.

— Vous vous rendez compte, si vous aviez évité cette odieuse habitude de m'enlever les miaulements de la bouche nous saurions déjà quoi faire, indiqua Colonello au silencieux Secrétario.

À la page consacrée au mot "Détachant" ils trouvèrent, outre la façon d'enlever les taches de confiture, d'encre de Chine, de sang et de sirop de framboise, la solution pour éliminer les taches de pétrole.

– "On nettoie la surface affectée avec un linge humecté de benzine." Ça y est! miaula Jesaitout, euphorique.

– Ça y est pas du tout! Et où on va trouver de la benzine? grogna Zorbas avec une mauvaise humeur évidente.

– Mais, si je me souviens bien, dans la cave du restaurant il y a un pot avec des pinceaux qui trempent dans de la benzine. Secrétario sait ce qu'il doit faire, miaula Colonello.

– Pardon monsieur, mais je n'ai pas bien saisi votre idée, s'excusa Secrétario.

– Très simple : vous humectez convenablement votre queue avec la benzine et nous irons nous occuper de cette pauvre mouette, répondit Colonello en regardant ailleurs.

– Ah non! Ça alors non! Pas question! protesta Secrétario.

– Je vous rappelle qu'au menu de ce soir il y a une double portion de foie à la crème, susurra Colonello.

– Tremper ma queue dans la benzine… Vous avez dit du foie à la crème? miaula Secrétario consterné.

Jesaitout décida de les accompagner et les quatre chats coururent jusqu'à la sortie du bazar d'Harry. À leur passage le chimpanzé, qui venait de boire une bière, leur adressa un rot sonore.

8

Zorbas commence à tenir ses promesses

En arrivant sur le balcon les quatre chats comprirent qu'il était trop tard. Colonello, Jesaitout et Zorbas regardèrent avec respect le corps sans vie de la mouette tandis que Secrétario agitait sa queue dans le vent pour en chasser l'odeur de benzine.

— Je crois qu'on doit lui fermer les ailes. C'est ce qui se fait dans ces cas-là, affirma Colonello.

Surmontant leur répugnance devant cet être imprégné de pétrole, ils replièrent ses ailes le long de son corps et en la déplaçant ils découvrirent l'œuf blanc taché de bleu.

— L'œuf! Elle a réussi à pondre l'œuf! s'exclama Zorbas.

— Tu t'es fourré dans une drôle d'histoire, *caro amico,* une drôle d'histoire, remarqua Colonello.

— Qu'est-ce que je vais faire avec l'œuf? s'interrogea Zorbas de plus en plus angoissé.

— Avec un œuf on peut faire plein de choses. Une omelette par exemple, proposa Secrétario.

– Oh oui! Un coup d'œil dans l'encyclopédie nous dira comment préparer la meilleure des omelettes. Ce thème est traité dans le tome 15, lettre O, assura Jesaitout.

– Pas question. Pas un miaulement de plus! Zorbas a promis à cette pauvre mouette qu'il s'occuperait de l'œuf et du poussin! Une promesse sur l'honneur faite par un chat du port engage tous les chats du port. Aussi on ne touche pas à cet œuf! déclara solennellement Colonello.

– Mais je ne sais pas comment on s'occupe d'un œuf! Je n'ai jamais eu d'œuf, moi! miaula Zorbas désespéré.

Alors les chats regardèrent Jesaitout. Peut-être y avait-il quelque chose là-dessus dans sa fameuse ency-clo-pé-die.

– Je dois consulter le tome 15, lettre O. Il y a sûrement tout ce que nous devons savoir sur l'œuf, mais pour l'instant je conseille la chaleur, la chaleur du corps, beaucoup de chaleur du corps, indiqua Jesaitout sur un ton pédant et didactique.

– C'est-à-dire se coucher sur l'œuf, mais sans le casser, conseilla Secrétario.

– C'est exactement ce que j'allais suggérer. C'est effrayant cette capacité que vous avez de m'enlever les miaulements de la bouche. Zorbas, reste près de l'œuf, nous, nous allons accompagner Jesaitout pour voir ce que dit son enpylo…

encymo… enfin tu sais ce que je veux dire. Nous reviendrons ce soir avec les informations et nous donnerons une sépulture à cette pauvre mouette, décida Colonello avant de sauter sur le toit.

Jesaitout et Secrétario le suivirent. Zorbas resta sur le balcon, avec l'œuf et la mouette morte. Il se coucha en faisant très attention et attira l'œuf contre son ventre. Il se sentait ridicule. Il pensait aux railleries que pourraient faire les deux voyous qu'il avait affrontés le matin si jamais ils le voyaient.

Mais une promesse est une promesse et, réchauffé par les rayons du soleil, il s'assoupit avec l'œuf blanc taché de bleu tout contre son ventre noir.

9

Une nuit triste

À la lumière de la lune Secrétario, Jesaitout et Zorbas creusèrent un trou au pied du marronnier. Peu auparavant ils avaient jeté la mouette du haut du balcon dans la cour en faisant attention qu'aucun humain ne les voie. Ils la déposèrent rapidement dans le trou et le recouvrirent de terre. Alors Colonello miaula gravement :

— Camarades chats, cette nuit nous disons adieu à la dépouille d'une malheureuse mouette dont nous ne connaissons même pas le nom. Tout ce que nous savons d'elle, grâce aux connaissances de notre camarade Jesaitout, c'est qu'elle appartenait à l'espèce des mouettes argentées et qu'elle venait peut-être de très loin, du pays où le fleuve rejoint la mer. Nous savons peu de choses d'elle, mais ce qui importe c'est qu'elle est arrivée mourante chez Zorbas, l'un des nôtres, et qu'elle a mis en lui toute sa confiance. Zorbas a promis de s'occuper de l'œuf qu'elle a pondu avant de mourir, du poussin qui naîtra et, ce qui est plus difficile, camarades, il a promis de lui apprendre à voler.

— Voler, tome 23, lettre V, entendit-on Jesaitout murmurer.

— C'est exactement ce que monsieur Colonello allait dire. Ne lui enlève pas les miaulements de la bouche, conseilla Secrétario.

— … Promesses difficiles à tenir, poursuivit Colonello impassible, mais nous savons qu'un chat du port respecte toujours ses miaulements. Pour l'y aider, j'ordonne que notre camarade Zorbas n'abandonne pas l'œuf jusqu'à la naissance du poussin et que notre camarade Jesaitout regarde dans son enplico… entiplo… enfin dans ses bouquins tout ce qui concerne l'art de voler. Et maintenant disons adieu à cette mouette, victime du malheur provoqué par les humains. Tendons nos cous vers la lune et miaulons le chant d'adieu des chats du port.

Au pied du vieil arbre les quatre chats se mirent à miauler une triste litanie et à leurs miaulements se joignirent très vite ceux des chats des alentours, puis ceux des chats de l'autre rive du fleuve, et aux miaulements s'unirent les hurlements des chiens, le pépiement plaintif des canaris en cage et des moineaux dans leurs nids, le coassement triste des grenouilles, jusqu'aux glapissements désordonnés de Matias le chimpanzé.

Les lumières de toutes les maisons de Hambourg s'allumèrent et les habitants s'interrogèrent sur les raisons de l'étrange tristesse qui s'était subitement emparée des animaux.

Deuxième partie

1

Portrait de chat en mère poule

Le chat grand noir et gros passa des jours couché contre l'œuf, le rapprochant avec toute la douceur de ses pattes de velours chaque fois qu'un mouvement involontaire de son corps l'éloignait de quelques centimètres. Ce furent des jours longs et inconfortables qui lui parurent parfois totalement inutiles, car il s'occupait d'un objet sans vie, une sorte de pierre fragile, même si elle était blanche tachée de bleu.

Un jour, ankylosé par le manque de mouvement, puisque, suivant les ordres de Colonello, il n'abandonnait l'œuf que pour aller manger et se rendre à la caisse où il faisait ses besoins, il eut la tentation de vérifier si un poussin de mouette grandissait vraiment à l'intérieur de l'ogive de calcaire. Il approcha alors une oreille de l'œuf, puis l'autre, mais il n'entendit rien. Il n'eut pas plus de chance lorsqu'il essaya de mirer l'intérieur de l'œuf en le plaçant à contre-jour. La coquille blanche tachée de bleu était épaisse et on ne voyait absolument rien à travers.

Toutes les nuits Colonello, Secrétario et Jesaitout venaient le voir, ils examinaient l'œuf pour vérifier si ce que Colonello appelait "les progrès espérés" se manifestait, mais après avoir constaté que l'œuf était le même qu'au premier jour, ils changeaient de sujet.

Jesaitout ne cessait de regretter que son encyclopédie n'indique pas la durée exacte de l'incubation et que la donnée la plus précise qu'il avait réussi à trouver dans ses gros livres était que cela pouvait durer entre dix-sept et trente jours, selon les caractéristiques de l'espèce à laquelle appartenait la mère.

Couver n'avait pas été facile pour le chat grand noir et gros. Il ne pouvait oublier le matin où l'ami de la famille chargé de s'occuper de lui avait pensé qu'il y avait trop de poussière par terre et avait décidé de passer l'aspirateur.

Tous les matins pendant les visites de l'ami, Zorbas avait caché l'œuf au milieu des pots de fleurs du balcon pour consacrer quelques minutes à ce brave type qui changeait sa litière et ouvrait ses boîtes de nourriture. Il lui miaulait sa gratitude, se frottait contre ses jambes et l'humain s'en allait en répétant qu'il était un chat très sympathique. Mais ce matin-là, après l'avoir vu passer l'aspirateur dans la salle de séjour et dans les chambres, il l'entendit dire :

— Et maintenant, le balcon. C'est entre les pots de fleurs qu'il y a le plus de saleté.

En entendant le bruit d'un compotier volant en mille éclats, l'ami courut dans la cuisine et cria depuis la porte :

— Zorbas, tu es devenu fou ? Regarde ce que tu as fait ! Sors de là, chat idiot ! Il ne manquerait plus que tu t'enfonces un bout de verre dans une patte.

Quelles insultes injustes ! Zorbas sortit de la cuisine en prenant l'air penaud, la queue entre les pattes, et trotta jusqu'au balcon.

Ce ne fut pas facile de faire rouler l'œuf jusque sous un lit, mais il y arriva et il y attendit que l'humain ait fini le ménage et s'en aille.

Le soir du vingtième jour Zorbas somnolait et ne s'aperçut pas que l'œuf bougeait, légèrement, mais il bougeait, comme s'il voulait se mettre à rouler par terre.

Un chatouillement sur le ventre le réveilla. Il ouvrit les yeux et ne put s'empêcher de sauter en voyant que par une fente de l'œuf apparaissait et disparaissait une petite pointe jaune.

Zorbas prit l'œuf entre ses pattes de devant et vit comment le poussin donnait des coups de bec pour faire un trou par lequel sortir sa petite tête blanche et humide.

— Maman! cria le poussin de mouette.

Zorbas ne sut que répondre. Il savait qu'il était noir mais il crut que la chaleur de l'émotion le transformait en un chat violet.

2

Il n'est pas facile d'être maman

– Maman! Maman! cria le poussin qui avait quitté son œuf.

Il était blanc comme du lait et des plumes minces, clairsemées et courtes couvraient à moitié son corps. Il essaya de faire quelques pas et s'écroula contre le ventre de Zorbas.

– Maman! J'ai faim! piailla-t-il en lui picorant la peau.

Qu'est-ce qu'il allait lui donner à manger? Jesaitout n'avait rien miaulé à ce sujet. Il savait que les mouettes se nourrissaient de poisson, mais d'où est-ce que, lui, il allait sortir un morceau de poisson? Zorbas courut à la cuisine et revint en faisant rouler une pomme.

Le poussin se dressa sur ses pattes mal assurées et se précipita sur le fruit. Le petit bec jaune toucha la peau et se tordit comme s'il était en caoutchouc et en se redressant il catapulta le poussin en arrière en le faisant tomber.

– J'ai faim! Maman! J'ai faim! cria-t-il en colère.

Zorbas, regrettant d'avoir vidé son plat avant la naissance du poussin, essaya de lui faire picorer une pomme de terre, ses croquettes – avec les vacances de la famille il n'y avait pas beaucoup de choix. Rien à faire. Le petit bec était tendre et se pliait contre la pomme de terre. Alors, dans son désespoir, il se souvint que le poussin était un oiseau et que les oiseaux mangeaient des insectes.

Il sortit sur le balcon et attendit qu'une mouche se pose à portée de ses griffes. Il ne tarda pas à en attraper une et la donna à l'affamé.

Le poussin la mit dans son bec, la serra et l'avala en fermant les yeux.

– C'est bon! Encore! Maman, encore! cria-t-il avec enthousiasme.

Zorbas sautait d'un bout à l'autre du balcon. Il avait chassé cinq mouches et une araignée lorsque du toit de la maison d'en face lui parvinrent les voix connues des chats voyous qu'il avait rencontrés quelques jours auparavant.

– Dis donc, regarde! Le petit gros fait de la gym. Quel corps, c'est un vrai danseur, miaula l'un.

– Moi je crois qu'il fait de l'aérobic. Quel joli petit gros. Qu'il est gracieux et quel style! Holà boule de graisse, tu vas te présenter à un concours de beauté? miaula l'autre.

Les deux voyous riaient, à l'abri de l'autre côté de la cour.

Zorbas leur aurait volontiers fait goûter le fil de ses griffes, mais ils étaient loin, si bien qu'il revint vers l'affamé avec son butin d'insectes.

Le poussin dévora les cinq mouches mais refusa de goûter à l'araignée. Rassasié, il eut un hoquet et se blottit tout contre le ventre de Zorbas.

— Maman, j'ai sommeil.

— Écoute, je regrette mais je ne suis pas ta maman, miaula Zorbas.

— Bien sûr que si, tu es ma maman. Et tu es une très bonne maman, fit-il en fermant les yeux.

À leur arrivée Colonello, Secrétario et Jesaitout trouvèrent le poussin endormi contre Zorbas.

— Félicitations! C'est un très joli poussin. Il pesait combien à la naissance? demanda Jesaitout.

— Qu'est-ce que c'est, cette question? Je ne suis pas la mère de ce poussin! rétorqua Zorbas.

— C'est la question qu'on pose d'habitude. Ne le prends pas mal. C'est vraiment un joli poussin, miaula Colonello.

— C'est terrible! Terrible! miaula Jesaitout en posant ses pattes sur sa bouche.

— Tu pourrais nous dire ce qui est terrible? demanda Colonello.

— Le poussin n'a rien à manger. C'est terrible ! Terrible ! insista Jesaitout.

— Tu as raison. J'ai dû lui donner des mouches et je crois qu'il va très vite avoir encore faim, miaula Zorbas.

— Secrétario, qu'est-ce que vous attendez ? interrogea Colonello.

— Excusez-moi, monsieur, mais je ne vous suis pas, se défendit Secrétario.

— Allez au restaurant et ramenez une sardine, ordonna Colonello.

— Et pourquoi moi ? Hein ? Pourquoi c'est toujours moi qui fais les courses ? Moi qui trempe ma queue dans la benzine ? Moi qui vais chercher une sardine ? Pourquoi c'est toujours moi ? protesta Secrétario.

— Parce que ce soir, monsieur, il y a des calamars à la romaine pour le dîner. Ça ne vous semble pas une raison suffisante ? indiqua Colonello.

— Et ma queue qui empeste encore la benzine ?… Vous avez dit des calamars à la romaine ?… demanda Secrétario en sautant sur le toit.

— Maman, qui c'est ? cria le poussin en montrant les chats.

— Maman ! Il t'a dit maman ! C'est terriblement attendrissant !… arriva à s'exclamer Jesaitout avant que le regard de Zorbas ne lui conseille de fermer sa bouche.

— Bon, *caro amico,* tu as tenu ta première promesse, tu es en train de tenir la deuxième, il ne te reste plus que la troisième, déclara Colonello.

— La plus facile! Lui apprendre à voler, miaula ironiquement Zorbas.

— On y arrivera. Je consulte l'encyclopédie, mais le savoir a besoin de temps, assura Jesaitout.

— Maman, j'ai faim! coupa le poussin.

3

Le danger à l'affût

Les difficultés commencèrent le lendemain de la naissance. Zorbas dut agir énergiquement pour éviter que l'ami de la famille ne le découvre. Dès qu'il l'entendit ouvrir la porte il retourna un pot de fleur vide sur le poussin et s'assit dessus. Par chance l'humain ne sortit pas sur le balcon, et de la cuisine on n'entendait pas les cris de protestation.

Comme d'habitude l'ami nettoya la caisse, changea la litière, ouvrit la boîte de nourriture et avant de partir vint à la porte du balcon.

– J'espère que tu n'es pas malade, Zorbas, c'est la première fois que tu n'accoures pas quand j'ouvre une boîte. Qu'est-ce que tu fais assis sur ce pot ? On dirait que tu caches quelque chose. Bon, à demain, chat fou !

Et s'il avait eu l'idée de regarder sous le pot ? Rien que d'y penser il eut mal au ventre et dut courir jusqu'à sa caisse.

Il était là, la queue bien dressée, soulagé, à penser aux paroles de l'humain.

"Chat fou." Il avait dit "chat fou". Il avait peut-être raison, parce qu'il aurait été plus pratique de lui laisser voir le poussin. L'ami aurait pensé qu'il avait l'intention de le manger et il l'aurait emmené pour s'en occuper jusqu'à ce qu'il grandisse. Mais lui, il l'avait caché sous un pot, est-ce qu'il était fou?

Non, pas du tout. Simplement il suivait rigoureusement le code d'honneur des chats du port. Il avait promis à la mouette agonisante qu'il apprendrait à voler au poussin, et il le ferait. Il ne savait pas comment, mais il le ferait.

Zorbas recouvrait consciencieusement ses excréments lorsque les cris effrayés du poussin le ramenèrent sur le balcon.

Et ce qu'il vit lui glaça le sang.

Les deux voyous étaient devant le poussin, excités ils remuaient la queue et l'un le maintenait d'une griffe posée sur le croupion. Par chance ils tournaient le dos à Zorbas et ne le virent pas arriver. Zorbas banda tous ses muscles.

— Qui aurait pensé qu'on allait trouver un déjeuner comme ça, mon pote. Il est petit mais il a l'air délicieux, miaula l'un.

— Maman, au secours! criait le poussin.

– Dans les oiseaux, ce que je préfère ce sont les ailes. Là, elles sont petites mais les cuisses ont l'air bien charnues, remarqua l'autre.

Zorbas sauta. En l'air il sortit les dix griffes de ses pattes de devant et en retombant entre les deux voyous il fit cogner leurs têtes par terre.

Ils essayèrent de se relever, mais ne le purent pas car chacun avait une oreille transpercée par une griffe.

– Maman! Ils voulaient me manger! cria le poussin.

– Nous, manger votre enfant? Non, madame. Pas du tout! miaula l'un la tête contre le sol.

– Nous sommes végétariens, madame, super-végétariens, assura l'autre.

– Je ne suis pas "madame", imbéciles! miaula Zorbas en les tirant par les oreilles pour qu'ils puissent le voir.

En le reconnaissant les deux voyous se hérissèrent.

– Vous avez un très joli petit, mon ami. Ce sera un beau chat! affirma l'un.

– Oui, ça se voit de loin. Quel joli chaton! confirma l'autre.

– C'est pas un chat! C'est un poussin de mouette, imbéciles!

– Je le dis toujours à mon copain, il faut avoir des enfants mouettes! Pas vrai? déclara le premier.

73

Zorbas décida d'en finir avec cette farce, mais ces deux crétins allaient se souvenir de ses griffes. D'un mouvement décidé il replia ses pattes et ses griffes déchirèrent les oreilles des deux lâches. Miaulant de douleur, ils s'enfuirent en courant.

– J'ai une maman très courageuse, pépia le poussin.

Zorbas comprit que le balcon n'était pas un endroit sûr, il ne pouvait pas mettre le poussin dans l'appartement, il allait tout salir et l'ami de la famille le découvrirait. Il fallait chercher un endroit sûr.

– Viens, on va se promener, miaula Zorbas avant de le prendre délicatement entre ses dents.

4

Pas de repos pour le danger

Réunis dans le bazar d'Harry les chats décidèrent que le poussin ne pouvait pas rester dans l'appartement de Zorbas. Les risques qu'il courait étaient nombreux et le plus grand n'était pas la présence menaçante des deux voyous mais bien l'ami de la famille.

– Les humains sont hélas imprévisibles! Souvent, avec les meilleures intentions du monde ils causent les pires malheurs, déclara Colonello.

– C'est bien vrai. Prenons Harry, par exemple, c'est un brave homme, il a bon cœur, mais, comme il a une grande affection pour le chimpanzé et qu'il sait qu'il aime la bière, chaque fois que le singe a soif il lui en donne une bouteille. Ce pauvre Matias est un alcoolique qui a perdu toute honte, et quand il se soûle il se met à glapir des chansons terribles. Terribles! miaula Jesaitout.

– Sans parler du mal qu'ils font intentionnellement. Pensez à cette pauvre mouette qui est morte par la faute de cette maudite manie d'empoi-sonner la mer avec des ordures, ajouta Secrétario.

Après une courte délibération, ils décidèrent que Zorbas et le poussin vivraient dans le bazar jusqu'à ce que le poussin ait appris à voler. Zorbas irait chez lui tous les matins pour que l'humain ne s'inquiète pas et il reviendrait ensuite s'occuper du poussin.

— Ce ne serait pas mal que ce petit oiseau ait un nom, suggéra Secrétario.

— C'est exactement ce que j'allais proposer. Je crains qu'arrêter de m'enlever les miaulements de la bouche ne soit au-dessus de vos forces! se plaignit Colonello.

— Je suis d'accord. Il doit avoir un nom, mais d'abord il faut savoir si c'est un mâle ou une femelle, miaula Zorbas.

Il avait à peine terminé sa phrase que Jesaitout avait fait tomber de la bibliothèque un tome de l'encyclopédie : le volume 19 correspondant à la lettre S, et il le feuilletait en cherchant le mot "sexe".

Malheureusement l'encyclopédie ne disait rien sur la façon de reconnaître le sexe d'un poussin de mouette.

— Il faut bien dire que ton encyclopédie ne nous a pas été très utile, maugréa Zorbas.

— Je n'admets pas qu'on mette en doute l'efficacité de mon encyclopédie! Tout le savoir est dans ces livres, répondit Jesaitout, vexé.

– Mouette. Oiseau de mer. Vent-debout, le seul qui puisse nous aider à savoir si c'est un oiseau ou une oiselle, c'est Vent-debout! miaula Secrétario.

– C'est exactement ce que j'allais miauler. Je vous interdis de continuer à m'enlever les miaulements de la bouche! grogna Colonello.

Pendant que les chats miaulaient, le poussin se promenait au milieu de douzaines d'oiseaux empaillés. Il y avait des merles, des perroquets, des toucans, des paons, des aigles, des faucons, qu'il regardait avec crainte. Soudain un animal aux yeux rouges, et qui n'était pas empaillé, lui barra la route.

– Maman! À l'aide! cria-t-il désespéré.

Zorbas fut le premier à arriver près de lui, et à temps car à cet instant précis un rat tendait ses pattes de devant vers le cou du poussin.

En voyant Zorbas, le rat s'enfuit vers une lézarde ouverte dans le mur.

– Il voulait me manger, cria le poussin en se serrant contre Zorbas.

– On n'avait pas pensé à ce danger. Je crois qu'il va falloir miauler avec les rats, déclara Zorbas.

– D'accord. Mais ne fais pas trop de concessions à ces insolents, conseilla Colonello.

Zorbas s'approcha de la lézarde. Dedans il faisait très noir, mais il réussit à voir les yeux rouges du rat.

– Je veux voir ton chef, miaula-t-il, décidé.

– Je suis le chef des rats, lui répondit-on dans l'obscurité.

– Si c'est toi le chef des rats, alors vous ne valez même pas les cafards. Préviens ton chef, insista Zorbas.

Zorbas entendit le rat s'éloigner. Ses griffes faisaient grincer le tuyau par lequel il se glissait. Quelques minutes après il vit reparaître les yeux rouges dans la pénombre.

– Le chef va te recevoir. Dans la cave des coquillages, derrière le coffre du pirate il y a une entrée, couina le rat.

Zorbas descendit jusqu'à la cave. Il chercha derrière le coffre et vit dans le mur un trou par lequel il pouvait passer. Il écarta les toiles d'araignée et s'introduisit dans le monde des rats. Cela sentait l'humidité et les ordures.

– Suis les tuyaux d'égout, cria un rat qu'il ne put voir.

Il obéit. À mesure qu'il avançait en rampant sur le ventre il sentait que sa peau s'imprégnait de poussière et de saleté. Il avança dans l'obscurité jusqu'à un réservoir d'égout à peine éclairé par un faible rai de lumière du jour. Zorbas supposa qu'il était au-dessous de la rue et que le rai de lumière entrait par la grille de l'égout. L'endroit empestait, mais était suffisamment haut pour qu'il puisse se redresser sur ses quatre pattes.

Au milieu coulait un canal d'eaux immondes. C'est alors qu'il vit le chef des rats, un grand rongeur à la peau sombre, couturé de cicatrices et qui s'amusait à nettoyer les anneaux de sa queue avec une griffe.

— Eh bien, eh bien! Regardez qui vient nous voir! Le gros chat, couina le chef des rats.

— Le gros! Le gros! glapirent en chœur des dizaines de rats dont Zorbas ne voyait que les yeux rouges.

— Je veux que vous laissiez le poussin tranquille, miaula-t-il fermement.

— Alors comme ça les chats ont un poussin. Je savais. On raconte beaucoup de choses dans les égouts. On dit que c'est un poussin délicieux. Hé! Hé! Hé! glapit le rat.

— Vraiment délicieux! Hé! Hé! Hé! reprit le chœur des rats.

— Vous le mangerez quand il sera grand? Sans nous inviter? Égoïstes! couina le rat.

— Égoïstes!

— Égoïstes! répétèrent les autres rats.

— Comme tu le sais j'ai liquidé plus de rats que j'ai de poils. S'il arrive quoi que ce soit au poussin vos heures sont comptées, affirma Zorbas avec sérénité.

— Écoute boule de graisse, tu as pensé comment tu peux sortir d'ici? On peut faire de toi un bon pâté de chat, menaça le rat.

— Pâté de chat! Pâté de chat! reprirent les autres rats.

Alors Zorbas sauta sur le chef des rats. Il lui tomba sur le dos en lui tenant la tête entre ses griffes.

— Tu es sur le point de perdre tes yeux. Tes sbires vont peut-être faire de moi un pâté de chat, mais tu ne pourras pas le voir. Alors, vous laissez le poussin tranquille? miaula Zorbas.

— Comme tu es mal élevé! Ça va. Ni pâté de chat, ni pâté de poussin. On peut tout négocier dans les égouts, couina le chef des rats.

— Négocions. Qu'est-ce que vous demandez en échange du respect de la vie du poussin? demanda Zorbas.

— Le libre passage dans la cour. Colonello a ordonné qu'on nous coupe le chemin du marché. Libre passage dans la cour, couina le chef des rats.

— Libre passage dans la cour, reprit le chœur.

— D'accord. Vous pourrez passer dans la cour, mais la nuit, quand les humains ne vous verront pas. Nous les chats, nous devons faire attention à notre prestige, déclara Zorbas en lui lâchant la tête.

Il sortit de l'égout à reculons, sans perdre de vue le chef des rats et les dizaines d'yeux rouges qui le regardaient pleins de haine.

5

Oiselle ou oisillon

Il leur fallut trois jours pour arriver à voir Vent-debout, un chat de mer, un authentique chat de mer.

Vent-debout était la mascotte du *Hannes II,* un puissant bateau de dragage chargé de nettoyer et d'enlever les écueils du fond de l'Elbe. L'équipage du *Hannes II* appréciait Vent-debout, un chat couleur de miel aux yeux bleus, qu'il considérait comme un compagnon supplémentaire pendant les durs travaux de dragage du fleuve.

Les jours de tempête ils le couvraient avec un ciré jaune à sa taille, semblable à ceux qu'ils utilisaient eux-mêmes, et Vent-debout se promenait sur le pont avec l'air sombre des marins qui affrontent le mauvais temps.

Le *Hannes II* avait nettoyé les ports de Rotterdam, Anvers, Copenhague, et Vent-debout racontait des histoires amusantes sur ces voyages. Oui. C'était un authentique chat de mer.

– Ahoy! miaula Vent-debout en entrant dans le bazar.

Le chimpanzé cligna des yeux, perplexe, en voyant s'avancer le chat qui remuait son corps en chaloupant de gauche à droite à chaque pas et qui ignorait l'importance de sa dignité de caissier de l'établissement.

– Si tu ne sais pas dire bonjour, paie au moins l'entrée, sac à puces, glapit Matias.

– Idiot à tribord! Par les crocs du barracuda! Tu m'as appelé sac à puces? Sache que cette fourrure a été piquée par tous les insectes de tous les ports. Un jour je te miaulerai l'histoire de certaine tique qui s'est hissée sur mon dos et qui pesait tellement que je ne pouvais pas la soulever. Par la barbe de la baleine! Et je te miaulerai les poux de l'île de Cacatua, qui doivent sucer le sang de sept hommes à l'apéritif pour être rassasiés. Par les ailerons du requin! Lève l'ancre, macaque. Ne me coupe pas le vent! ordonna Vent-debout, et il suivit son chemin sans attendre la réponse du chimpanzé.

En arrivant dans la pièce des livres, il salua depuis le seuil les chats qui y étaient réunis.

– *Miaou*! miaula Vent-debout qui aimait miauler le dialecte à la fois rêche et doux de Hambourg.

– Tu arrives enfin, *capitano*. Tu ne sais pas comme nous avons besoin de toi! répondit Colonello.

82

Ils lui miaulèrent rapidement l'histoire de la mouette et des promesses de Zorbas, promesses qui, ils le répétèrent, les engageaient tous.

Vent-debout écouta en hochant la tête, préoccupé.

— Par l'encre du calamar! En mer il arrive des choses terribles. Parfois je me demande si quelques humains ne sont pas devenus fous, ils essayent de faire de l'océan une énorme poubelle. Je viens de draguer l'embouchure de l'Elbe et vous ne pouvez pas imaginer la quantité d'ordures que charrient les marées! Par la carapace de la tortue! Nous avons sorti des barils d'insecticide, des pneus, des tonnes de ces maudites bouteilles de plastique que les humains laissent sur les plages, indiqua Vent-debout avec colère.

— Terrible! Terrible! Si ça continue comme ça, bientôt le mot "pollution" occupera tout le tome 16, lettre P de l'encyclopédie, s'exclama Jesaitout scandalisé.

— Et qu'est-ce que je peux faire, moi, pour ce pauvre oiseau? demanda Vent-debout.

— Toi seul, qui connais la mer, peux nous dire si ce poussin est un mâle ou une femelle, répondit Colonello.

Ils l'emmenèrent auprès du poussin qui dormait rassasié après avoir réglé son compte à un calamar apporté par Secrétario qui, selon les ordres de Colonello, était chargé de son alimentation.

Vent-debout tendit une patte de devant, lui examina la tête et ensuite souleva les plumes qui commençaient à pousser sur sa queue. Le poussin chercha Zorbas de ses yeux effrayés.

– Par les pattes du crabe! C'est une jolie petite qui un jour pondra autant d'œufs que j'ai de poils sur la queue, s'exclama le chat de mer amusé.

Zorbas lécha la tête de l'oiselle. Il regretta de ne pas avoir demandé son nom à la mère, car si la fille était appelée à poursuivre son vol inter-rompu par la négligence des humains, il aurait été beau qu'elle porte le même nom.

– Si on considère que l'oiselle a eu la chance, la fortune, de tomber sous notre protection, je propose qu'on l'appelle Afortunada, la fortunée, déclara Colonello.

– Par les ouïes de la merlu! C'est un joli nom. Il me fait penser à une charmante mouette que j'ai vue en mer Baltique. Elle s'appelait comme ça, Afortunada, et elle était toute blanche, miaula Vent-debout.

– Un jour elle fera quelque chose de remar-quable, d'extraordinaire, et son nom sera dans le tome 1 de l'encyclopédie, lettre A, assura Jesai-tout.

Tous tombèrent d'accord sur le nom proposé par Colonello. Alors les cinq chats se mirent en rond autour de l'oiselle, se dressèrent sur leurs pattes de derrière en tendant les pattes de devant pour former un toit de griffes et miaulèrent le rituel de baptême des chats du port.

— Nous te saluons Afortunada, la fortunée, amie des chats!

— Ahoy! Ahoy! Ahoy! s'écria Vent-debout heureux.

6

Afortunada, vraiment fortunée

Afortunada grandit rapidement entourée de l'affection des chats. Au bout d'un mois dans le bazar d'Harry c'était une jeune mouette svelte, aux plumes soyeuses couleur d'argent.

Quand des touristes visitaient le bazar, suivant les instructions de Colonello, elle restait tranquille parmi les oiseaux empaillés, faisant semblant d'être l'un d'eux. Mais le soir, quand le musée fermait et que le vieux loup de mer se retirait, alors elle se promenait de sa démarche maladroite d'oiseau de mer, dans toutes les pièces, s'émerveillant devant les mille objets qu'il y avait là, tandis que Jesaitout cherchait et cherchait dans tous les livres la méthode pour que Zorbas lui apprenne à voler.

— Voler consiste à pousser l'air vers l'arrière et vers le bas. Ah bon! Voilà quelque chose d'important, marmonnait-il, le nez fourré dans ses livres.

— Et pourquoi je dois voler? demandait Afortunada, les ailes bien collées contre le corps.

— Parce que tu es une mouette et que les mouettes volent. C'est terrible! Terrible que tu ne saches pas le faire! répondait Jesaitout.

— Mais je ne veux pas voler. Je ne veux pas non plus être une mouette. Je veux être un chat et les chats ne volent pas, protestait Afortunada.

Un soir elle s'approcha du comptoir de l'entrée et fit une rencontre désagréable avec le chimpanzé.

— Ne viens pas faire caca par ici, espèce d'oiseau! glapit Matias dès qu'il la vit.

— Pourquoi vous dites ça, Monsieur le singe? pépia-t-elle timidement.

— C'est tout ce que savent faire les oiseaux. Caca. Et tu es un oiseau, répéta-t-il, très sûr de son affirmation.

— Vous vous trompez. Je suis un chat et un chat très propre. J'ai la même caisse que Jesaitout, pépia-t-elle en cherchant à gagner la sympathie du chimpanzé.

— Ah! Ah! Cette bande de sacs à puces t'a convaincue que tu es un des leurs. Regarde-toi : tu as deux pattes, les chats en ont quatre. Tu as des plumes, les chats ont des poils. Et la queue? Hein? Où est ta queue? Tu es aussi folle que ce chat qui passe son temps à lire et à miauler : Terrible! Terrible! Espèce d'oiseau idiot! Et tu veux savoir pourquoi tes amis te cajolent? Parce qu'ils attendent que tu grossisses pour faire un grand banquet! Ils te mangeront tout entière, avec tes plumes et tout! glapit le chimpanzé.

Ce soir-là, les chats s'étonnèrent que la mouette ne vienne pas manger son plat préféré : les calamars que Secrétario chapardait dans la cuisine du restaurant.

Inquiets, ils la cherchèrent et ce fut Zorbas qui la trouva, abattue et triste parmi les animaux empaillés.

– Tu n'as pas faim, Afortunada? demanda Zorbas. Il y a des calamars.

La mouette n'ouvrit pas le bec.

– Tu n'es pas bien? Tu es malade? insista Zorbas inquiet.

– Tu veux que je mange pour que je grossisse? demanda-t-elle sans le regarder.

– Pour que tu grandisses et que tu sois forte et en bonne santé, répondit Zorbas.

– Et quand je serai grosse, tu inviteras les rats pour me manger? cria-t-elle les yeux pleins de larmes.

– D'où sors-tu toutes ces bêtises? miaula énergiquement Zorbas.

Retenant ses sanglots, Afortunada raconta tout ce que Matias lui avait glapi. Zorbas lécha ses larmes et s'entendit soudain miauler comme il ne l'avait jamais fait auparavant.

– Tu es une mouette. Là, le chimpanzé a raison, mais seulement pour cela. Nous t'aimons tous, Afortunada. Et nous t'aimons parce que tu es une mouette, une jolie mouette. Nous ne te contredisons pas quand tu cries que tu es un chat, car nous sommes fiers que tu veuilles être comme nous, mais tu es différente et nous aimons que tu sois différente. Nous n'avons pas pu aider ta mère, mais toi nous le pouvons. Nous t'avons protégée depuis que tu es sortie de ton œuf. Nous t'avons donné toute notre tendresse sans jamais penser à faire de toi un chat. Nous t'aimons mouette. Nous sentons que toi aussi tu nous aimes, que nous sommes tes amis, ta famille, et il faut que tu saches qu'avec toi, nous avons appris quelque chose qui nous emplit d'orgueil : nous avons appris à apprécier, à respecter et à aimer un être différent. Il est très facile d'accepter et d'aimer ceux qui nous ressemblent, mais quelqu'un de différent c'est très difficile, et tu nous as aidés à y arriver. Tu es une mouette et tu dois suivre ton destin de mouette. Tu dois voler. Quand tu y arriveras, Afortunada, je t'assure que tu seras heureuse et alors tes sentiments pour nous et nos sentiments pour toi seront plus intenses et plus beaux, car ce sera une affection entre des êtres totalement différents.

– J'ai peur de voler ! piailla Afortunada en se redressant.

– Quand ce sera le moment je serai avec toi. Je l'ai promis à ta mère, miaula Zorbas en lui léchant la tête.

La jeune mouette et le chat grand noir et gros se mirent à marcher. Lui, il lui léchait la tête avec tendresse et elle, elle lui couvrait le dos de l'une de ses ailes.

7

On apprend à voler

— Avant de commencer, récapitulons une dernière fois les aspects techniques, miaula Jesaitout.

Depuis la plus haute étagère d'une bibliothèque, Colonello, Secrétario, Zorbas et Vent-debout observaient attentivement ce qui se passait en bas. Là, il y avait Afortunada, debout à l'extrémité d'un couloir, appelé piste de décollage, et à l'autre extrémité Jesaitout, penché sur le tome 12, correspondant à la lettre L de l'encyclopédie. Le livre était ouvert à l'une des pages consacrées à Léonard de Vinci, et on y voyait un engin bizarre baptisé "machine à voler" par le grand maître italien.

— S'il vous plaît, vérifions d'abord la stabilité des points d'appui (a) et (b), indiqua Jesaitout.

— Points (a) et (b) vérifiés, répéta Afortunada en sautant d'abord sur sa patte gauche et ensuite sur la droite.

– Parfait. Maintenant vérifions l'extension des points (c) et (d), miaula Jesaitout, qui se sentait aussi important qu'un ingénieur de la NASA.

– Extension des points (c) et (d) vérifiée! cria Afortunada en étendant les deux ailes.

– Parfait. Répétons tout encore une fois, ordonna Jesaitout.

– Par les moustaches du turbot! Laisse-la voler une bonne fois! s'exclama Vent-debout.

– Je vous rappelle que je suis responsable du vol! Tout doit être parfaitement assuré car les conséquences peuvent être terribles pour Afortunada. Terribles! rétorqua Jesaitout.

– Il a raison. Il sait ce qu'il fait, intervint Secrétario.

– C'est exactement ce que j'allais, moi-même, miauler. Est-ce qu'un jour vous allez cesser de m'enlever les miaulements de la bouche? grogna Colonello.

Afortunada était là, sur le point de tenter son premier vol. Au cours de la dernière semaine, en effet, deux événements avaient fait comprendre aux chats que la mouette désirait voler, même si elle dissimulait très bien ce désir.

Le premier événement s'était déroulé un après-midi où Afortunada avait accompagné les chats prendre le soleil sur le toit du bazar d'Harry. Alors qu'ils étaient là à profiter des chauds rayons du soleil, ils virent planer au-dessus d'eux, très très haut, trois mouettes.

Elles étaient belles, majestueuses, se découpant contre le bleu du ciel. Parfois elles avaient l'air immobiles, flottant simplement dans l'air, les ailes étendues, mais il leur suffisait d'un léger mouvement pour se déplacer avec une grâce et une élégance qui donnaient envie d'être avec elles là-haut. Soudain les chats cessèrent de regarder le ciel et posèrent les yeux sur Afortunada. La jeune mouette observait le vol de ses congénères et sans s'en rendre compte étendait les ailes.

— Regardez ça. Elle veut voler, fit remarquer Colonello.

— Oui! Il est temps qu'elle vole. C'est maintenant une mouette grande et forte, approuva Zorbas.

— Afortunada. Vole! Essaye! suggéra Secrétario.

En entendant les miaulements de ses amis Afortunada replia ses ailes et s'approcha d'eux. Elle se coucha près de Zorbas et fit résonner son bec comme si elle ronronnait.

Le deuxième événement eut lieu le lendemain, tandis que les chats écoutaient Vent-debout raconter une histoire.

— ... Et comme je vous le miaulais, les vagues étaient si hautes que nous ne pouvions pas voir la côte et, par la graisse du cachalot, pour comble de malheur notre boussole était cassée. Nous avions passé cinq jours et cinq nuits en pleine tempête et nous ne savions plus si nous naviguions vers la côte ou si nous nous enfoncions vers le large. Alors, au moment où nous nous sentions perdus, le timonier vit un vol de mouettes. Quelle joie mes amis! Nous nous sommes efforcés de suivre le vol de mouettes et nous avons réussi à atteindre la terre ferme. Par les dents du barracuda! Ces mouettes nous ont sauvé la vie. Si nous ne les avions pas vues, je ne serais pas là pour vous miauler cette histoire.

Afortunada, qui suivait toujours avec attention les histoires du chat de mer, l'écoutait en ouvrant de grands yeux.

– Les mouettes volent les jours de tempête? demanda-t-elle.

– Par les tortillements de l'anguille! Les mouettes sont les oiseaux les plus forts du monde. Aucun oiseau ne vole mieux qu'une mouette, affirma Vent-debout.

Les miaulements du chat pénétraient au plus profond du cœur d'Afortunada. Elle frappait le sol de ses pattes et remuait son bec avec nervosité.

– Tu veux voler, jeune fille? demanda Zorbas.

Afortunada les regarda un à un avant de répondre.

– Oui, s'il vous plaît, apprenez-moi à voler!

Les chats miaulèrent leur joie et se mirent immédiatement à l'œuvre. Ils avaient longtemps espéré ce moment. Avec toute la patience dont seuls les chats sont capables, ils avaient attendu que la jeune mouette leur fasse part de son désir de voler, car la vieille sagesse des chats leur avait fait comprendre que voler est une décision très personnelle. Et le plus heureux de tous était Jesaitout, qui avait trouvé les principes du vol dans le tome 12, lettre L, de l'encyclopédie, et serait donc responsable de la direction des opérations.

– Prête pour le décollage? demanda Jesaitout.

– Prête pour le décollage! cria Afortunada.

– Commencez à avancer sur la piste en repoussant le sol à l'aide des points d'appui (a) et (b), ordonna Jesaitout.

Afortunada se mit à avancer, mais lentement, comme si elle patinait avec des patins mal graissés.

– Plus vite! exigea Jesaitout.

La jeune mouette avança un peu plus vite.

– Maintenant étendez les points (c) et (d)! indiqua Jesaitout.

Afortunada étendit ses ailes tout en avançant.

– Maintenant levez le point (e)!

Afortunada leva les plumes de sa queue.

– Et maintenant remuez de haut en bas les points (c) et (d) en poussant l'air vers le bas, repliez simultanément les point (a) et (b)! miaula Jesaitout.

Afortunada battit des ailes, replia ses pattes, s'éleva de quelques centimètres, mais retomba immédiatement comme un sac.

D'un bond les chats descendirent de l'étagère et coururent jusqu'à elle. Ses yeux étaient pleins de larmes.

— Je ne suis pas capable! Je ne suis pas capable! répétait-elle, affligée.

— On ne vole jamais du premier coup. Tu vas y arriver. Je te le promets, miaula Zorbas en lui léchant la tête.

Jesaitout essayait de trouver l'erreur en examinant encore une fois la machine à voler de Léonard de Vinci.

8

Les chats décident de briser un tabou

Afortunada essaya dix-sept fois de s'envoler, et dix-sept fois elle retomba par terre après avoir réussi à s'élever de quelques centimètres.

Jesaitout, plus maigre encore que d'habitude, s'était arraché les poils de la moustache à la suite des douze premiers échecs, et se disculpait avec des miaulements tremblants.

– Je ne comprends pas. J'ai consciencieusement révisé la théorie du vol, j'ai comparé les instructions de Léonard de Vinci avec tout ce qui se trouve à l'article "Aérodynamique", tome 1, lettre A de l'encyclopédie, et pourtant on n'a pas réussi. C'est terrible! Terrible!

Les chats acceptaient ses explications et toute leur attention se concentrait sur Afortunada, qui après chaque essai de vol manqué devenait de plus en plus triste et mélancolique.

Après le dernier échec, Colonello décida d'arrêter les essais, son expérience lui disait que la mouette commençait à perdre confiance en elle et c'était très dangereux si elle voulait vraiment voler.

— Peut-être qu'elle ne peut pas. Peut-être qu'elle a trop vécu avec nous et qu'elle a perdu sa capacité de voler, suggéra Secrétario.

— Si on suit les instructions techniques et si on respecte les lois de l'aérodynamique, on peut voler. N'oubliez pas que tout est dans l'encyclopédie, affirma Jesaitout.

— Par la queue de la raie! C'est une mouette et les mouettes volent! protesta Vent-debout.

— Elle doit voler. Je l'ai promis à sa mère et je le lui ai promis à elle, elle doit voler, répéta Zorbas.

— Et tenir cette promesse nous concerne tous, ajouta Colonello.

— Reconnaissons que nous sommes incapables de lui apprendre à voler et qu'il faut chercher de l'aide en dehors du monde des chats, suggéra Zorbas.

— Miaule clair, Zorbas. Où veux-tu en venir? demanda sérieusement Colonello.

— Je demande l'autorisation de briser le tabou pour la première fois de ma vie, miaula Zorbas en regardant ses compagnons dans les yeux.

— Briser le tabou! miaulèrent les chats en sortant leurs griffes et en se hérissant.

"Miauler la langue des humains est tabou." C'est ce que disait la loi des chats, et ce n'était

100

pas parce qu'ils n'avaient pas intérêt à communiquer avec les humains. Le grand risque c'était la réponse des humains. Que feraient-ils d'un chat qui parle ? Certainement ils l'enfermeraient dans une cage pour le soumettre à toutes sortes d'expériences stupides, car les humains sont en général incapables d'accepter qu'un être différent d'eux les comprenne et essaye de se faire comprendre. Par exemple, les chats étaient au courant du triste sort des dauphins, qui s'étaient comportés de façon intelligente avec les humains et que ceux-ci avaient condamnés à faire les clowns dans des spectacles aquatiques. Et ils savaient aussi les humiliations que les humains font subir à tout animal qui se montre intelligent et réceptif avec eux. Par exemple, les lions, les grands félins, ont été obligés de vivre derrière des grilles et d'accepter qu'un crétin mette sa tête dans leur gueule, les perroquets sont en cage et répètent des sottises. De sorte que miauler dans le langage des humains était un très grand risque pour les chats.

– Reste auprès d'Afortunada. Nous allons nous retirer pour discuter ta requête, ordonna Colonello.

La conférence des chats dura de longues heures. De longues heures pendant lesquelles Zorbas resta couché près de la mouette qui ne cachait pas sa tristesse de ne pas savoir voler.

Il faisait nuit quand la conférence prit fin. Zorbas s'approcha pour connaître la décision.

— Nous, les chats, t'autorisons à briser le tabou une seule fois. Tu ne miauleras qu'avec un seul humain, et nous déciderons ensemble avec lequel d'entre eux, déclara solennellement Colonello.

9

Le choix de l'humain

Il ne fut pas facile de décider avec quel humain miaulerait Zorbas. Les chats firent une liste de tous ceux qu'ils connaissaient et les écartèrent l'un après l'autre.

– René, le cuisinier, est sans aucun doute un humain juste et bon. Il nous garde toujours une part de ses spécialités, que Secrétario et moi dévorons avec plaisir. Mais ce brave René ne s'y connaît qu'en épices et en casseroles, il ne nous serait pas d'un grand secours pour notre problème, affirma Colonello.

– Harry aussi est un brave type. Compréhensif et aimable avec tout le monde, même avec Matias auquel il pardonne des abus terribles. Terribles ! Comme s'inonder de patchouli, ce parfum qui a une odeur terrible, terrible ! De plus il connaît bien la mer et la navigation, mais je crois qu'il n'a pas la moindre idée sur le vol, assura Jesaitout.

— Carlo, le chef des garçons du restaurant, affirme que je lui appartiens et je le lui laisse croire parce qu'il est gentil. Malheureusement, il s'y connaît en football, basket-ball, volley-ball, courses de chevaux, boxe, tous les sports, mais je ne l'ai jamais entendu parler de vol, expliqua Secrétario.

— Par les cils de l'anémone! Mon capitaine est un homme très doux qui, au cours de sa dernière bagarre dans un bar d'Anvers, a affronté douze types qui l'avaient insulté et n'en a mis hors de combat que la moitié. Par ailleurs il a le vertige sur une chaise. Par les tentacules du poulpe! Je ne pense pas qu'il puisse nous être utile, décida Vent-debout.

— Le garçon de chez moi me comprendrait. Mais il est en vacances. Et que peut savoir un enfant sur le vol? miaula Zorbas.

— *Porca miseria!* On a fini la liste, se désola Colonello.

— Non. Il y a un humain qui n'est pas sur la liste. Celui qui vit chez Bouboulina, indiqua Zorbas.

Bouboulina était une belle chatte blanche et noire qui passait de longues heures parmi les fleurs d'un balcon. Tous les chats du port se promenaient lentement devant elle, montrant l'élasticité de leur corps, le brillant de leur fourrure bien soignée, la longueur de leurs moustaches, l'élégance de leur queue dressée, ils essayaient de

104

l'impressionner. Mais Bouboulina paraissait indifférente et n'acceptait que les caresses d'un humain qui s'installait sur le balcon avec une machine à écrire.

C'était un humain bizarre qui, parfois, riait en lisant ce qu'il venait d'écrire et d'autres fois froissait sans les lire les pages arrachées à la machine. De son balcon s'échappait toujours une musique douce et mélancolique qui endormait Bouboulina et provoquait de gros soupirs chez les chats qui passaient tout près.

– L'humain de Bouboulina? Pourquoi lui? demanda Colonello.

– Je ne sais pas. Il m'inspire confiance. Je l'ai entendu lire ce qu'il écrit. Ce sont de beaux mots qui rendent joyeux ou triste, mais qui donnent toujours du plaisir et le désir de continuer à écouter, expliqua Zorbas.

– Un poète! Ce qu'il fait s'appelle poésie. Tome 16, lettre P de l'encyclopédie, précisa Jesaitout.

– Et qu'est-ce qui te fait penser qu'un humain sait voler? voulut savoir Secrétario.

– Il ne sait peut-être pas voler avec des ailes d'oiseau, mais en l'entendant j'ai toujours pensé qu'il volait avec ses mots, répondit Zorbas.

– Que ceux qui sont d'accord pour que Zorbas miaule avec l'humain de Bouboulina lèvent la patte droite, ordonna Colonello.

C'est ainsi que Zorbas fut autorisé à miauler avec le poète.

10

Une chatte, un chat et un poète

Zorbas prit le chemin des toits pour arriver jusqu'au balcon de l'humain choisi. En voyant Bouboulina étendue parmi les fleurs il soupira avant de miauler :

— Bouboulina, n'aie pas peur. Je suis sur le toit.

— Qu'est-ce que tu veux ? Qui es-tu ? demanda la chatte en se levant.

— Ne t'en va pas, s'il te plaît. Je m'appelle Zorbas et j'habite près d'ici. J'ai besoin de ton aide. Je peux descendre sur le balcon ?

La chatte lui fit un signe de tête. Zorbas sauta sur le balcon et s'assit. Bouboulina s'approcha pour le sentir.

— Tu sens les livres, l'humidité, les vieux habits, l'oiseau, la poussière, mais on voit que ta peau est propre, constata la chatte.

— Ce sont les odeurs du bazar d'Harry. Ne t'étonne pas si je sens aussi le chimpanzé, l'avertit Zorbas.

Une musique douce arrivait jusqu'au balcon.

— Quelle belle musique! miaula Zorbas.

— Vivaldi. *Les Quatre Saisons.* Qu'est-ce que tu attends de moi? demanda Bouboulina.

— Que tu me fasses entrer et que tu m'amènes à ton humain.

— Impossible. Il travaille et personne, même pas moi, ne peut le déranger, affirma Bouboulina.

— Je t'en prie. C'est urgent. Je te le demande au nom de tous les chats du port, implora Zorbas.

— Pourquoi veux-tu le voir?

— Je dois miauler avec lui!

— Mais c'est tabou! Va-t'en! miaula Bouboulina hérissée.

— Non. Et si tu ne veux pas m'amener à lui, qu'il vienne. Tu aimes le rock, minette?

Dans l'appartement, l'humain tapait à la machine à écrire. Il était heureux car il était sur le point de terminer un poème et les vers lui venaient avec une fluidité étonnante. Soudain du balcon lui parvinrent les miaulements d'un chat qui n'était pas sa Bouboulina. C'étaient des miaulements discordants et qui avaient cependant l'air d'avoir un rythme. Ennuyé mais intrigué, il sortit et dut se frotter les yeux pour croire ce qu'il voyait.

Sur le balcon, Bouboulina se bouchait les oreilles avec ses pattes de devant et en face d'elle un chat grand noir et gros, assis sur son derrière, tenait dans une de ses pattes de devant sa queue comme un instrument de musique et de l'autre patte la grattait comme une corde de guitare, en même temps il poussait des miaulements exaspérants.

Remis de sa surprise, il ne put retenir son hilarité et au moment où il se pliait de rire en se tenant le ventre, Zorbas en profita pour se glisser dans l'appartement.

Quand l'humain se retourna toujours en riant, il vit le chat grand noir et gros assis sur un fauteuil.

— Quel concert! Tu es un séducteur original, mais je crains que Bouboulina n'aime pas ta musique. Quel concert! dit l'humain.

— Je sais que je chante très mal. Personne n'est parfait, répondit Zorbas dans le langage des humains.

L'humain ouvrit la bouche, se frappa la tête et s'appuya contre un mur.

— Mais tu… tu… parles! s'exclama l'humain.

— Toi aussi tu parles et je ne m'étonne pas. S'il te plaît calme-toi, conseilla Zorbas.

— Un… un… chat… qui parle, dit l'humain en se laissant tomber sur le sofa.

— Je ne parle pas, je miaule, mais dans ta langue. Je sais miauler dans beaucoup de langues, indiqua Zorbas.

L'humain porta ses mains à sa tête et se cacha les yeux en répétant "c'est la fatigue, c'est la fatigue, je travaille trop". Quand il enleva les mains de sur ses yeux, le chat grand noir et gros était toujours sur le fauteuil.

— C'est une hallucination. Tu es une hallucination n'est-ce pas? demanda l'humain.

— Non. Je suis un vrai chat qui miaule avec toi. Les chats du port t'ont choisi parmi beaucoup d'humains pour te confier un grand problème et pour que tu nous aides. Tu n'es pas fou. Je suis réel, affirma Zorbas.

— Et tu dis que tu miaules dans beaucoup de langues? demanda l'humain incrédule.

— Oui, tu veux une preuve? proposa Zorbas.

— *Buon giorno,* dit l'humain.

— Il est tard. Il vaut mieux dire *Buona sera,* corrigea Zorbas.

— *Kalimera,* insista l'humain.

— *Kalispera.* Je t'ai déjà dit qu'il est tard.

— *Doberdan,* cria l'humain.

— *Dobreutra.* Tu me crois maintenant?

— Oui. Et si tout ça est un rêve, quelle importance? Ça me plaît et je veux continuer à rêver, répondit l'humain.

— Alors je peux en venir au fait? interrogea Zorbas.

L'humain approuva, mais lui demanda de respecter le rite de la conversation des humains.

Il servit au chat une soucoupe de lait et il s'installa lui-même sur le sofa, un verre de cognac à la main.

— Miaule, chat, dit l'humain et Zorbas lui rapporta l'histoire de la mouette, de l'œuf, d'Afortunada et des efforts infructueux des chats pour lui apprendre à voler.

— Tu peux nous aider ? demanda Zorbas lorsqu'il eut fini son récit.

— Je crois que oui. Et cette nuit même, répondit l'humain.

— Cette nuit ? Tu es sûr ?

— Regarde par la fenêtre, chat, regarde le ciel. Qu'est-ce que tu vois ? demanda l'humain.

— Des nuages, des nuages noirs. Il va pleuvoir, observa Zorbas.

— C'est bien pour ça, dit l'humain.

— Je ne comprends pas. Je regrette, mais je ne comprends pas, reconnut Zorbas.

Alors l'humain alla dans son bureau, prit un livre et chercha dans ses pages.

— Écoute, chat. Je vais te lire quelque chose d'un poète appelé Bernardo Atxaga. Des vers d'un poème intitulé "Les Mouettes".

> *Mais leur petit cœur*
> *— cœur d'équilibristes —*
> *ne soupire jamais autant*
> *que pour cette pluie bête*

qui amène le vent presque toujours
qui amène le soleil presque toujours

— Je comprends. J'étais sûr que tu pouvais nous aider, miaula Zorbas en sautant du fauteuil.

Ils se donnèrent rendez-vous à minuit à la porte du bazar et le chat grand noir et gros courut informer ses compagnons.

11

Le vol

Une pluie fine tombait sur Hambourg et, des jardins, montait l'odeur de la terre humide. L'asphalte des rues brillait et les enseignes de néon se reflétaient déformées sur le sol mouillé. Un homme seul, enveloppé dans une gabardine, marchait dans la rue du port en direction du bazar d'Harry.

– Il n'en est pas question! Même si vous me plantez vos cinquante griffes dans le derrière, je ne vous ouvrirai pas la porte, glapit le chimpanzé.

– Mais personne n'a l'intention de te faire de mal. Nous te demandons une faveur. C'est tout, miaula Zorbas.

– L'horaire d'ouverture, c'est de 9 h le matin à 18 h le soir. C'est le règlement et on doit le respecter, glapit Matias.

– Par les moustaches du morse! Est-ce que tu ne pourrais pas être aimable une fois dans ta vie, macaque? miaula Vent-debout.

– Je vous en prie, Monsieur le singe! supplia Afortunada.

– Impossible! Le règlement m'interdit de tendre la main et d'ouvrir le verrou que vous, comme vous n'avez pas de doigts, sacs à puces, vous ne pourrez pas ouvrir, précisa malicieusement Matias.

– Tu es un singe terrible! Terrible! s'écria Jesaitout.

– Il y a un humain dehors et il regarde sa montre, avertit Secrétario qui regardait par la fenêtre.

– C'est le poète! Il n'y a plus de temps à perdre, s'exclama Zorbas en courant à toute vitesse vers la fenêtre.

Les cloches de l'église Saint-Michel commencèrent à sonner les douze coups de minuit et l'humain sursauta au bruit des vitres cassées. Le chat grand noir et gros tomba dans la rue au milieu d'une pluie d'éclats de verre, mais il se releva sans s'occuper des blessures qu'il s'était faites à la tête, et il sauta de nouveau sur la fenêtre d'où il venait de sortir.

L'humain s'approcha au moment précis où une mouette était hissée sur le bord de la fenêtre par plusieurs chats. Un chimpanzé se tripotait la figure en essayant de se cacher les yeux, les oreilles et la bouche en même temps.

– Aidez-la! Qu'elle ne se blesse pas avec la vitre, miaula Zorbas.

— Venez ici tous les deux, dit l'humain en les prenant dans ses bras.

L'humain s'éloigna rapidement de la porte du bazar. Sous son imperméable il emportait un chat grand noir et gros et une mouette aux plumes argentées.

— Canailles! Bandits! Vous allez me le payer, glapit le chimpanzé.

— Tu l'as cherché! Et tu sais ce que Harry va penser demain? Que c'est toi qui as cassé le carreau, affirma Secrétario.

— *Caramba!* Vous avez encore réussi à m'enlever les miaulements de la bouche, protesta Colonello.

— Par les crocs de la murène! Sur le toit! Nous allons voir voler notre Afortunada! s'écria Vent-debout.

Le chat grand noir et gros et la mouette étaient bien installés sous l'imperméable, ils sentaient la chaleur du corps de l'humain qui marchait d'un pas rapide et sûr. Ils écoutaient leurs cœurs battre à des rythmes différents mais avec la même intensité.

— Chat, tu es blessé? demanda l'humain en voyant des taches de sang sur les revers de son imperméable.

— Ça n'a pas d'importance. Où est-ce qu'on va?

— Tu comprends le langage de l'humain? demanda Afortunada.

— Oui. Et c'est un homme de cœur qui va t'aider à voler, lui assura Zorbas.

— Tu comprends le langage de la mouette ? demanda l'humain.

— Dis-moi où on va, insista Zorbas.

— On ne va plus, on est arrivés, répondit l'humain.

Zorbas sortit la tête. Ils étaient en face d'un grand bâtiment. Il leva les yeux et reconnut la tour Saint-Michel éclairée par des projecteurs. Les faisceaux de lumière frappaient en plein la structure svelte recouverte de cuivre, à laquelle le temps, la pluie et les vents avaient donné une patine verte.

— Les portes sont fermées, miaula Zorbas.

— Pas toutes. Je viens souvent ici fumer et penser, seul, les jours de tempête. Je connais une entrée, répondit l'humain.

Ils firent le tour et entrèrent par une petite porte latérale que l'humain ouvrit avec son couteau. De sa poche il sortit une lampe et, éclairés par son mince rayon de lumière, ils commencèrent à monter un escalier en colimaçon qui paraissait interminable.

— J'ai peur, pépia Afortunada.

— Mais tu veux voler n'est-ce pas ? interrogea Zorbas.

Du clocher de Saint-Michel, on voyait toute la ville. La pluie enveloppait la tour de la télévision

116

et sur le port, les grues ressemblaient à des animaux au repos.

– Regarde là-bas, on voit le bazar d'Harry. C'est là que sont nos amis, miaula Zorbas.

– J'ai peur! Maman! cria Afortunada.

Zorbas sauta sur la balustrade qui protégeait le clocher. En bas, les autos ressemblaient à des insectes aux yeux brillants. L'humain prit la mouette dans ses mains.

– Non! J'ai peur! Zorbas! Zorbas! cria-t-elle en donnant des coups de bec sur les mains de l'homme.

– Attends! Pose-la sur la balustrade, miaula Zorbas.

– Je ne voulais pas la lancer, dit l'humain.

– Tu vas voler, Afortunada. Respire. Sens la pluie. C'est de l'eau. Dans ta vie tu auras beaucoup de raisons d'être heureuse, et l'une d'elles s'appelle l'eau, une autre le vent, une autre le soleil qui arrive toujours comme une récompense après la pluie. Tu sens la pluie? Ouvre les ailes, miaula Zorbas.

La mouette ouvrit les ailes. Les projecteurs la baignaient de lumière et la pluie saupoudrait ses plumes de perles. L'humain et le chat la virent lever la tête, les yeux fermés.

– La pluie, l'eau. J'aime!

– Tu vas voler, assura Zorbas.

– Je t'aime. Tu es un chat très bon, cria-t-elle en s'approchant du bord de la balustrade.

117

– Tu vas voler. Le ciel tout entier sera à toi !
miaula Zorbas.

– Je ne t'oublierai jamais. Ni les autres chats,
cria-t-elle les pattes à moitié au-dehors de la
balustrade, comme le disaient les vers d'Atxaga,
son petit cœur était celui des équilibristes.

– Vole ! miaula Zorbas en tendant une patte et
en la touchant à peine.

Afortunada disparut de leur vue et l'humain et
le chat craignirent le pire. Elle était tombée
comme une pierre. En retenant leur respiration,
ils passèrent la tête par-dessus la balustrade et la
virent qui battait des ailes, survolait le parking.
Ensuite ils la virent monter bien plus haut que la
girouette d'or qui couronnait la beauté singulière
de Saint-Michel.

Afortunada volait solitaire dans la nuit de
Hambourg. Elle s'éloignait en battant énergiquement des ailes pour s'élever au-dessus des grues
du port, au-dessus des mâts des bateaux, puis
elle revenait en planant et tournait autour du
clocher de l'église.

– Je vole ! Zorbas ! Je sais voler ! criait-elle
euphorique depuis l'immensité du ciel gris.

L'humain caressa le dos du chat.

– Eh bien, chat, on a réussi, dit-il en soupi-
rant.

– Oui. Au bord du vide, elle a compris le plus
important, miaula Zorbas.

– Ah oui? Et qu'est-ce qu'elle a compris? demanda l'humain.

– Que seul vole celui qui ose le faire, miaula Zorbas.

– Je pense que maintenant ma compagnie te gêne. Je t'attends en bas. Et l'humain s'en alla. Zorbas resta à la contempler jusqu'à ne plus savoir si c'étaient les gouttes de pluie ou les larmes qui brouillaient ses yeux jaunes de chat grand noir et gros, de chat bon, de chat noble, de chat du port.

Laufenburg, Forêt-Noire, 1996

Table

Le Vieux qui lisait des romans d'amour, 1992

Le Monde du bout du monde, 1993

Un nom de torero, 1994

Le Neveu d'Amérique, 1996

Histoire d'une mouette et du chat qui lui apprit à voler, 1996

Rendez-vous d'amour dans un pays en guerre, 1997

Journal d'un tueur sentimental, 1998

Yacaré/Hot Line, 1999

Les Roses d'Atacama, 2001

La Folie de Pinochet, 2003

Une sale histoire, 2005

Les Pires Contes des frères Grim
(avec Mario Delgado-Aparaín), 2005

*La lampe d'Aladino et autres histoires
pour vaincre l'oubli*, 2009

L'Ombre de ce que nous avons été, 2010

Histoires d'ici et d'ailleurs, 2011

Dernières nouvelles du Sud,
(avec Daniel Mordzinski), 2012

Jeunesse
Livres illustrés
Coéditions SEUIL / *MÉTAILIÉ*

Julia ALVAREZ
Tía Lola

Clotilde BERNOS
Aninatou
Illustré par Laura Rosano

Liliana BODOC
La Saga des confins: L'Armée du cerf (T. 1)
La Saga des confins: L'Ombre (T. 2)
La Saga des confins: Le Feu (T. 3)

Oscar COLLAZOS
La Baleine échouée
Illustré par Pierre Mornet

Michèle DECOUST
Mon oncle d'Australie
Illustré par Marc Daniau

Hans Magnus ENZENSBERGER

Le Démon des maths
Illustré par Rotraut Suzanne Berner

Les Sept Voyages de Pierre
Illustré par Blutch

Bernard GIRAUDEAU
Contes d'Humahuaca
Illustré par Joëlle Jolivet

Rasipuram Krishnaswami NARAYAN
Un tigre pour Malgudi
Illustré par Christophe Durual

Sergio S. OLGUÍN
Une équipe de rêve

Pat O'SHEA
Les Sorcières de la Morrigan

Francine PROSE
Après

Horacio QUIROGA
Contes de la forêt vierge
Illustré par Loustal

Imprimé en France par CPI
en juillet 2017

Composition réalisée par
Atlant'Communication au Bernard (Vendée)

Dépôt légal : mai 2012
N° d'édition : 2483040
N° d'impression : 142806